歐洲剪影

郭鳳西　著

比利時老人會

黃瑞章先生

老人會

JOY

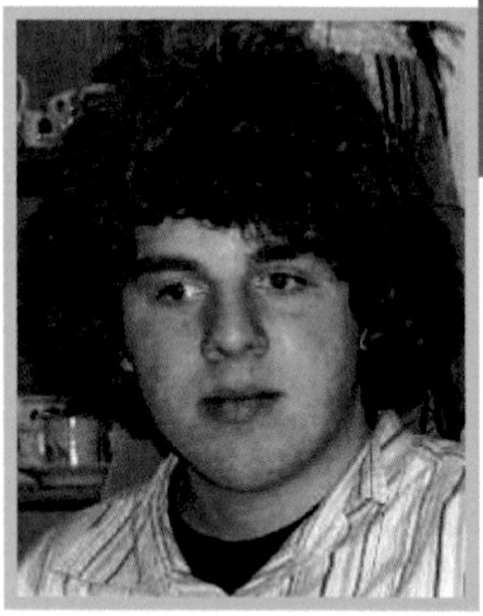

摩洛哥之旅

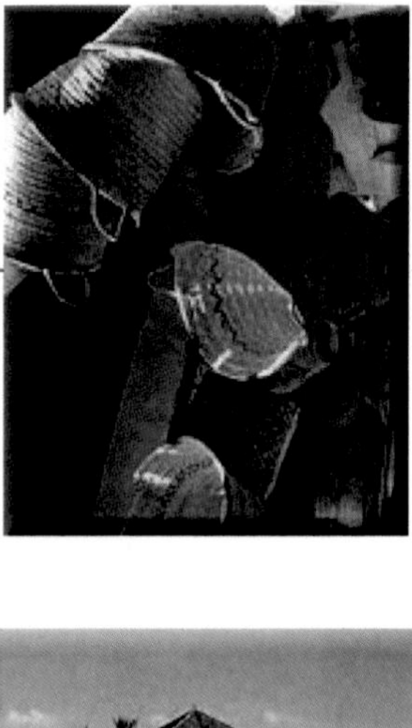

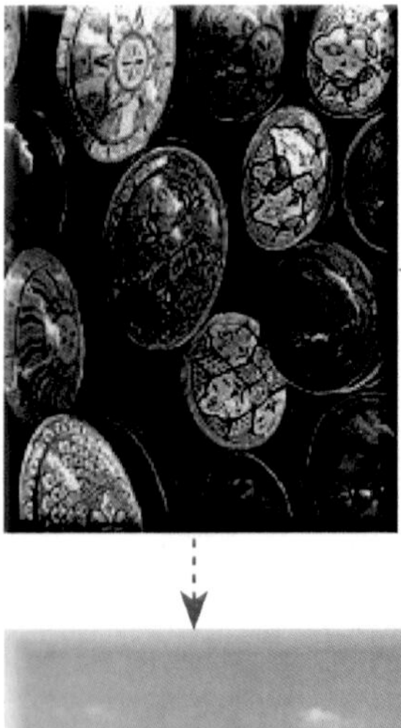

Couscous
Tajine
Mechoui
chorba
poull
soup1
tajine2

海南島之遊

鳳西自序

二〇〇二年旅居瑞士的好友朱文輝（余心樂─推理小說家），送我他最新出版世華作家叢書第十七本，他的長篇推理小說「命案的版本」。書內頁他寫『文字緣最能塑造妳（你）我他（她）和諧人生的同心圓』。

自從和文字工作者開始交往，結文字緣以來，自以為最大的收獲，不是文章登出收到稿費，而是結交了一些知心的、心儀的、欣賞的、值得學習的作家，因比較瞭解成名作家另一面不為人知的內心世界。再讀她（他）們的作品，另有一番感受。而寫作的定義也有不同解說。

與其說喜歡寫文章，不如說不得不把一些感覺記下來，如能引起別人共鳴，就非常開心，至於能不能賣錢，暢銷不暢銷，從來沒想過。所以我自認非常幸運，沒有因寫文章，廢寢忘食到幾近失常的地步，也沒有閉關三年不見親人，為了幾十萬字鉅著脫層皮。當然也沒有每年最少一、二本書出版，擠身名作之列了。

但為了不讓隨性而寫的文章，登出後不知去向，且要好好保存等古稀之年，自娛和炫耀子孫之用，因此編成書印出來，是最好的辦法。

寫作真是好處多多

一、可保有作家頭銜，人人看妳好像比人高一等，常有莫測高深的表情，也讓人估不透是否又有大文章要出刊。

二、定期有人邀請去開會，特別在海外的中國人不多，喜歡搖筆桿者更少，為了文學研討會，參加國家多可以申請補助的前題下，只得次次請妳。

三、如果妳忘了別人交待的事情，不要緊，只需告訴別人，妳正在趕篇重要文稿，人家一定不再計較。

四、舉凡一切過錯都可以推給文章，而能常被寬待。

這本【歐洲剪影】是我近年的作品，退休後怕生活空虛，忙著安排生活，學英文、法文、聲樂、繪畫，英、法文拿了文憑，聲樂、繪畫學得很有勁，也開音樂會及畫展（成人學校），生活忙碌有意思，寫文章因發表園地太少，相對也減產。出這本書，希望自我鼓勵，能重新激發出動力，能多寫一些像樣的作品。

我先生是多年來的支持者，從剛開始寫好不敢或忘了寄出，到出書、校對、編排都虧他從旁協助，因此可以說如果沒有他，大概寫作之路早就走不下去了。

現在我先生也寫並已出兩本書，第三本正在出版中，我倆晚年生活充滿文字、書香，進入到【有書富貴無事神仙】的境界。

鵬子序

鳳西的第二本散文集即將推出，她本想請名家作序，但要把全部文稿寄去、又要趕時間，就有點麻煩；最方便的辦法還是請老公執筆。我以為書的「序」言並非必須，自己如有話交待，自序最好。沒有特別要說的，你的大作就在裡邊替你說了；一定要我說幾句那是抬舉又是自我表揚的機會，怎好推託。

鳳西的第一本散文集「旅比書簡」自一九九八年出版至今已經八年。這期間日子過得悠閒，她參與了許多文藝活動，寫文章較前快捷，提筆就來、一揮而就。但在文風上有很大的轉變。蒐集在這裡的文章，活潑、生動，就像她中年以後性格上的轉變：自由、自主，無拘、無束，來去如風。

兩年前代表處的國慶酒會上，遇到當年在魯汶讀書時，負責外國學生事務的狄特根DUDEKEM先生夫婦，他們參加過我們的婚禮，他開玩笑說：「你們兩個還在一起？」三十多年兩個人還在一起很不容易，就算沒有感情上的問題和天災人禍，到今天還能和平相處，那就是上天的恩寵；應當心存感念、珍惜所有。我就借這個篇幅談一談我們的相處之道吧！

從戀愛、結婚迄今四十二年（1964-2006），在華僑圈子裡我們是神仙伴侶。家事由她主導：煮飯、燙衣、床單換洗、客廳配置，尤其是花草培植，她有一雙魔術師的手，花草經她一摸每株都欣欣向榮；在別人家懨懨待斃，來到我們這裡常常會霍然而愈。請客是最樂意的事，總要讓客人盡歡；至於女兒，那就是世界上最好的母親，不管那一個回到家裡，都能吃到最喜歡的東西，受到最貼心的慰撫。

環顧四周的親友，天災人禍的不說，白頭到老過不下去，而分道揚鑣的比比皆是；勉強撐著門面，艱苦度日的更多。在西方社會生活了大半輩子，卻甩不掉傳統的枷鎖。有中國式的離婚，就有中國式苦撐門面的夫妻，洋人那裏能懂！

多年以來我們培養了一種息爭的習慣，就是眼看爭執升級、及時停止，等冷靜下來、思考以後再談。雖然言之成理，卻不容易。

「良性互動」是鳳西的弟媳蘇敏儀提出的高見。除非你知足有德、珍惜你所擁有的這一切，否則三、四十年的相處，也難保不出現危機，於是她便提出良性互動來調適夫妻關係。如果「良性互動」不被對方接受，還有「一國兩治」，各取所需不必勉強，真是老夫妻相處的妙方。

上面是從消極方面講化解衝突之道；但應該積極一點、平時就注意把日子過得有意思：培養發展共同的愛好：跳舞、旅行、寫文章、交朋友兩人都喜歡；她喜歡唱歌，漸漸地我也有了興趣。我每天晨泳，她在泳池結交的朋友比我還多。她熱衷於跳舞，有時，跳得我很煩膩，過了一陣子又喜歡起來。

如此這般我們渡過了許多危機，目前形勢一片大好。幾年前她常說：「活到這把年紀，還能改什麼？」可是想把兩人的日子過好，得要雙方努力才行。這幾年的「修煉」，雙方都有許多改變。

為了把晚年過好，奉勸朋友們學電腦、上網路、寫文章。自從我開始出書，注意力放在文字創作裡，視野寬闊了，心緒也平穩起來，每天各人有一台電腦一頭栽進去，那有工夫吵架。

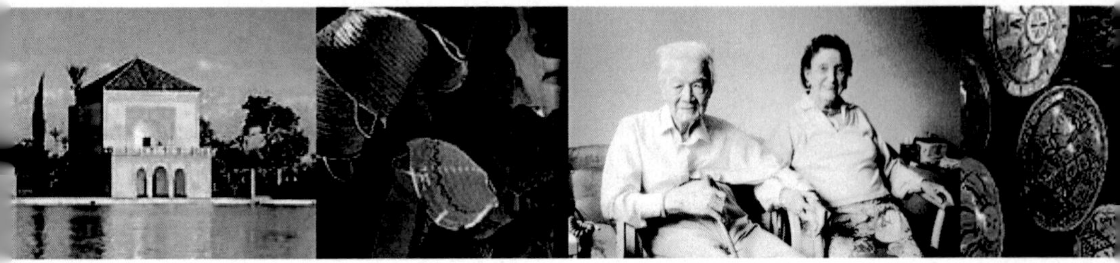

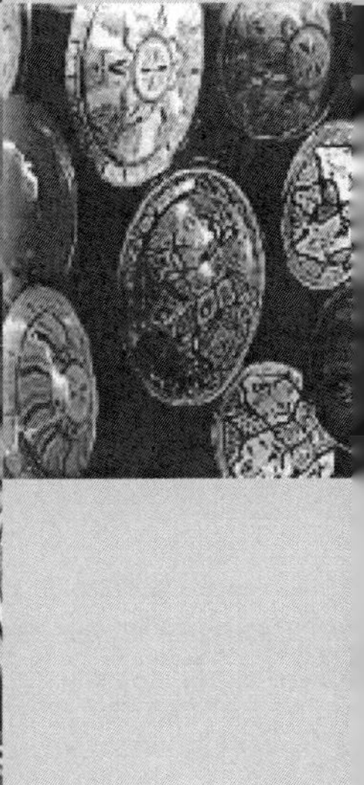

報導

老祖宗的親筆信

那天，聖誕新年的緊湊節目都過完，該上班的上班，打道回府的準備上路。歐亞美三洲家人一年一度的歡聚，成功完美畫上一個句點，明年的計劃可以等一等再想。

一大清早，衣玄去上班，做主人的安生總想安排一些節目，來取悅我們這遠道來的客人，親家夫婦已於年初二上機回美。元月七月安生開車，鵬子、衣藍同行，去參觀香港海防博物館。自從看完香港文物博物館，尤其是「History of Hongkong」做的十分精彩而有創意，就對香港的博物館，開始另眼看待。

天氣非常好，陽光普照，萬里晴空，不冷不熱，帶著要去郊遊踏青的愉悅心情，至於看什麼樣的博物館，不是頂重要，安生也是第一次去。坐在敞篷車裡，問路非常方便，幾經指點到了目的地。

像我們參觀過其他博物館一樣，沒什麼人（香港人對參觀博物館沒興趣），服務人員也是一樣周到客氣。香港海防博物館，建在荃灣臨海岩石上，新型壯觀。陳列室圍著一個天井式的玻璃屋頂圓形大廳，一共有十間展覽室。走走我們四人就變成各走各的，有興趣的多停幾分鐘，沒興趣的只掃一眼。我在無意中於第五號館中發現恩彤公寫給香港總督戴維斯（John David）的信函，興奮的把大家找來。一下子黃家的兒孫、媳婦、女婿都像中了獎券一樣，連博物館負責人，也嘖嘖稱奇，說是千年難遇的事。我們家客廳中那幅老祖宗、鵬子曾高祖的畫像，好像也鮮活起來。

五號館展覽的是英國統治時期一八四二－一八四八期間重要之文獻。這封信函陳列在中央玻璃櫥中，標牌上寫著「廣東巡撫黃恩彤於一八四四年十二月十八曰致港督戴維斯之信函，信中提及歸還舟山以及英人入廣州城的問題」

大紅色的信封寫：德大人親啟

信中先寒喧問好，然後漸入正題，談到在耆英（中堂）那裡見到港督公文一件他寫道：

昨於貴公使來文一件，諄諄以固守和約為言；但細玩語意似欲緩交舟山。或弟之愚昧不能看明來文詞句以致有此過慮亦未可知，但此事所關於兩國者甚重，既經見及不能不以一言奉達左右也。舟山及鼓浪嶼同為交銀之質，當以交足銀項之日為撤兵退還之日，成約具在中外咸知；今若交銀足而地不還，於貴國並無所益，英軍兩次佔據舟山並非力不能取，而所以留兵暫守交銀即退者，以其地不足貪也，留兵久駐徒滋糜費而已，何益之有。

他又寫道：

弟因兩國大事將次完成，倘因舟山而生出枝節，則此後又成不定之局，所關甚大，用是披肝瀝膽、據實直陳，倘有一字虛誑上帝不祐。

最後署名弟黃恩彤拜。

這封老祖宗的親筆信，不啻是這次家庭聚會最大收穫，竟然在無意中發現。從好幾年前，鵬子就著手尋找、這位曾做過南京市長及廣東省長、並且相貌堂堂的老祖宗的史跡。北京圖書館、台北南港中央研究院、美國史坦佛東亞圖書館、都曾查資料或找線索。對他參與簽定「南京條約」，四十多歲對宦途心灰意冷，而告老還鄉，過田園耕讀的日子無限感懷。

Rose Marie玫瑰馬莉比利時

Rose Marie玫瑰馬莉是我們晨泳的朋友，法國人，她今年七十五歲，長得高高的、金髮褐眼、笑嘻嘻的，永遠有些新的消息告訴大家，但絕不是論人長短，如那家名牌大減價，那裡可以免費學英文、電腦，去飛機場有公車便宜又方便。昨天聽到個不能不講給大伙聽的笑話，但她絕不拉住你，讓你非聽不可。所以大家都喜歡她，一個獨居的老太太。她常說晨泳是她每天生活動力的開始。

上星期五，大伙照同樣時間下水，親臉問好，像每天一樣游個二、三趟，站在水中聊聊，講講話。我一面游一面聽見Rose Marie的聲音，大伙笑著開玩笑，十幾年游伴，幾乎每天見面，也總有說不完的話題

等我游完廿來回。Rose Marie也做完水中體操，準備上去，她問我：「鳳西今年去那渡假？二個小外孫女近況如何？」我回答又隨口問：「去機場的Bus，經不

經過我家附近？」她把右手放頭上說：「等一下讓我想想。」突然她左手撫心口說：「好痛！」，然後人往前對著我栽倒，我嚇得捧住她下巴大叫：「救命，快來人呀！」大家七手八腳加上救生員把她拉上游泳池，一下子整個游泳池像煮沸的鍋，打電話找救護車、救生員把氧氣罩用上、有經驗在進行人工呼吸，幾分鐘後救護車、警察都來了。大家都站在水裡不知所措。看著急救隊伍熟練鎮定的做急救工作，我禱告上帝讓她回來、讓她回來。結果經半個多小時努力，醫生宣佈急救無效，她就這樣走了。

我用發抖的手打開她的寄衣櫃，皮包、鞋子、衣服拿在手上千斤重，舉步困難。但警察在等她的身份証。年青的小警察看我的樣子，很擔心說：「妳需不需要找個人談談，妳可以來我們分局。有個心理醫生每天都在，免費的。」

葬禮那天，全體泳友都出席。在彌撒當中，她的媳婦上台說：「Mami，屬於妳的這本書已經讀完，翻完最後一頁合上了，讓我再翻開我們第一次見面的那一頁，看著妳美麗華貴的身影從樓上下來，就註定了我們廿多年的母女感情，妳不但是我最親的第二個媽媽也是我們全家重心，妳教導我們愛人，寬恕待人，各種做人的道理，二個孫兒孫女，跟妳比跟我們還親，永遠沒法報答妳給我們的智慧。妳這本書雖然合上了，但永遠是我們一家人最珍貴的財產。等到有一天我們在天上見面時，我會很驕傲的告訴妳，Mami世界越來越美好了，這是妳這一輩子的希望。Mami走好。」

離開教堂和家屬握手道別時，她的獨生兒子說：「我可不可以親妳，謝謝妳在我母親最後時刻，給她支持溫暖。讓我替她親謝妳。」

多麼讓人感動的一家人。

華文文學、華文社會及中華文化

今天的世界由於工商業發達、經濟繁榮和其他政治上的因素，人民的遷徙流動比任何一個時代都頻繁。炎黃子孫包括兩岸三地的中國人在世界各地定居、甚至形成一個社區的到處可見。這些人中有許多在國內成名的作家、因各種不同的原因，移居國外，因為語言的障礙比較大，多數依然用華文創作。也有他們的市場及讀者。另外有許多後起之秀，他們掌握了居住地的語言、甚至融入了主流社會文化之深層，但因身負中華文化的背景，習慣於用中文寫作，那是很自然的，沒有其他目的。

以中華文化為思維基礎，生活在國外的華人社會中，用習慣了的華文來創作，寫出在語言、文字、思想方式不同環境中發生的故事，他們融會了兩種不同的文化；習慣了兩種不同的生活方式，觸覺是銳敏的、感情是豐沛的；既關懷身邊事物，又放不下故土情結，題材俯拾皆是，識見是主流社會和他們出身的社會所短缺的，有意義的題材不一定屬於主流社會，在他立足的這個邊緣社區就有珍貴的素材。尤其是他們沒有在國內創作時的一些限制，一些顧忌，完全是海闊天空任你飛翔。他們的作品不乏發表的機會，當然你不能太在乎園地。這些園地也許上不了文學之林，但也是孕育文才之地。

自古以來從未有這麼多的中國人流落在世界各地：東南亞各國、澳洲、紐西蘭、美國、加拿大不必說，就連人口飽和的西歐各小國也都有許多個華文社會，都有許多份華文報刊，有許多人執著於華文寫作。除非從小沒有接觸中華文化，大多數中國人還是選擇習慣於閱讀中文刊物。

中國的人口佔世界人口的四分之一，中文是語文中使用人數最多的一種語文。開放改革以後人民爭相外移，他們流入世界各地，各種領域，尤其是華文社會。中國人質優而勤奮，他們有後來居上之勢。照目前國內的情況、這種來勢將會繼續發展下去，華人社會變得壯大，而華文文學在外國是可以生根的。

有人批評在國外待久了的華文作家，寫的作品帶有洋味，原因就是吸收了兩種不同文化後，創作出來的東西就會變成那種味道。而對我們生活在那種環境中，受外語、外國生活環境、思想方式的影響後，那種味道就會感到特別親切熟悉。

華文社會是孕育華文文學的搖籃，保存並發揚中華文化的基地，隨著兩岸三地中國人外移的趨勢，華人社會正在日益壯大、方興未艾。處身海外、用中文寫作的作家和作品有自己的內涵和形式，必將匯為一股洪流，形成一支文學大系。他們有別於中國大陸和台灣本島的主流，卻分享他們的讀者和市場。

比利時老人會

比京老人會全名是「旅比華僑長青俱樂部」，是個華僑社會裡的邊緣人物，工作了大半輩子，年老體弱退休下來，因語言、生活習慣沒有西化，面對漫漫長日，多半幫兒女們照顧幼兒，一般是很寂寞的。比利時中國老人不多，沒力量要求比國政府成立專門機構加強照顧。像義大利人、希臘人、摩洛哥人都有特別部門立法照顧。還好我們中國人一向不求額外好處，自己管自己，從不造成問題，老人會是這樣被成立起來。這是一個比利時布魯賽爾地區老年人的組織，成立於一九九七年五月廿八日，宗旨為調劑老年人的生活，商訂每月第一個星期三下午三點到五點聚會，開始會員廿多人。會長魏蔣華、秘書兼義工郭鳳西和幾位熱心女士們，負責行政及組織活動等事務。每次我提老人會，都會被卞伯伯瞪眼，「什麼老人會，長青會才對，誰老來著！」大家相處融洽，頗有家庭氣氛。

我們舉辦健康講座、氣功教學、郊遊踏青、小型音樂會、中國年聚餐、烤肉餐敘、組團赴荷鹿特丹參觀老人公寓、結伴參加歐華年會。會員們每次參加活動都是衣著整齊，準時出席。現有會員卅八人，大都是退休的人：有飯店老板、外交官、音樂家、醫生、教師、家庭主婦、作家、氣功大師。真是人材濟濟各有專長，有問題都很熱心的盡力解答。

老人分兩種類型，一種是尖酸刻薄和誰都合不來，人見就躲；一種是寬宏大度，體貼諒解，人見就親。而我們老人會，時時可看到第二種老人。所以我說這是一個沒有說長道短，只有和睦的團體，在中國人當中實在難能可貴。

黃瑞章老先生—旅比人瑞

黃老先生於今年八月六日病逝於Ottignies醫院，噩訊傳來，甚為震驚，因三星期前，他還一再抱怨這家養老院太貴，要換到另外一家，精神百倍的大發脾氣，大家都非常傷腦筋，真的束手無策，他的同居人蜜栗（Michiau Mme Le Croix）也勸不聽，而實際上他很有錢，兩年前還玩股票賺錢，又沒兒沒女。蜜栗九十七，他今年虛歲一百。

與黃老相識快四十年了，一九七〇前後我在文參處上班，他常去那裏找傅先生聊天，黃老為人熱誠、坦蕩、好交朋友，我們從他那裡聽到到許多老華僑掌故。他老家是廣東台山，年輕時去日本學化學，到比利時酒廠實習，結識了比國世家淑女達姆斯（Germaine DAEMS），結成佳偶、定居比國；太太是典型的比國賢妻，未生子女。

大戰前他們創辦了一家織錦工廠，這是比利時傳統的手工藝術，用了四、五十位工人，生意很發達；可是歐戰爆發，德國人佔領了比利時，他們的工廠就停了。他也喜歡繪畫，閒來無事就去皇家藝術學院學畫，他早就認識院長巴士儉Alfred Bastien他去做旁聽生很受歡迎。對留比學生及華僑均熱心幫助，結交不少朋友。

一九六五年擔任旅比華僑中山學校創校首任董事長，在百般困難中，堅持辦學。現該校已成立四十年，學生二百多人，購置校舍，頗具規模，黃瑞章老先生貢獻良多。

幾年前我接受台灣卡門藝術中心的委託、寫一篇畫家沙耆在比利時的十年歲月，故常向黃老請益，因為他是唯一曾與沙耆有交往的中國人，而且知之甚深。這時他的夫人已故，夫人的堂妹蜜粟也寡居，二人相知已久，就請黃老搬去她家住在一起，互有照應；他就處理了自己的房子，搬到她家裡（Av. Aug. Rodin 35, 1050 Bxl）。這是一棟鬧中取靜的老房子，內部裝潢古香古色；客廳寬敞，有牌桌、有沙龍、還有陽台；臥室各有衛生設備，二人各住一層；地下室的酒庫各有寶藏。二人經常出外散步、購物、吃館子、請朋友來打牌、品酒；黃老玩股票多年，日子過得很悠遊。他們在一起有廿五年之久。

大約兩年前、浙江電視台有位女記者亞妮來比國採訪沙耆的足跡，找到我，並聯繫黃老先生登門採訪。記者帶著她的攝影師，兩位老人盛裝以待，開了名酒招待訪客，黃老侃侃而談、思維清楚，言詞順暢、動作自如，記者成功地錄製了這次的訪問。

可是前些時（四月初）蜜粟忽然急病住院醫治，幾乎送命，病癒後療養必須有人照顧、不能再回老房子，她的姪兒菲利浦（Philip Le Croix）好不容易找到這家老人院（Residence Grand Chemin 53, 1380 LASNE），這是比京近郊遠離塵囂很清幽的一個小鎮。院內設備周全：有住院醫生、護士，一日三餐伙食非常好，全部費用每月六萬比郎（1500 Euro），我們見過許多老人院，這裡的條件最好、價位便宜；而且他們二人的親屬也都住在附近，便於探望。

可是幾天不見，黃老的樣子和心態變化很大：他的背彎成九十度，人縮小了一半。蜜粟告訴我們她死裡逃生的經過；讓人感動的一再表示她要趕緊恢復健康，好和他再過幾年好日子。她總是百依百順，嫻雅多姿；而黃老有點大男人。他的姪兒說他銀行戶頭只許進不許出，至今我還是想不通，人越老真的會變得越奇怪嗎！

鄰居

自從前年十二月初，被小偷闖空門，我們和對門鄰居來往就比較多了，他們是現已退休的老夫婦，德奈Deneijs先生夫人。鵬子細心說處好一個鄰居，比不在身邊的家人還有用處。我們這條小街，住戶大部份是退休的中老年夫婦，屬於中上層階級。長像都體面可親，看得出當年不錯的樣子。夫妻同進出「自去自來堂上燕，相親相近水中鷗」過著平淡閒適的日子。

每個人都有他自己的性格、脾氣、執著的地方，不管年齡、性別，中外皆然。對門的德奈夫婦，倆人都八十多了，幾年前先生腦子積水開刀，休養了近一年，然後太太動心臟手術，也臥床很長時期，都是九死一生。先生退休前在一家銀行當經理，手下職員有二、三十個，權力滿大的；任上的房子有十間臥房，大而講究，一輩子發號司令，太太是個典型的家庭主婦只有受命令的份。我們搬來這裡，照顧我們便是一付非她莫屬的樣子。剛開始，是因收到荷語通知信，看不懂請他們翻譯，不但解釋得很清楚，還替我們到處打電話查詢。我們不在家，如果有包裹、掛號信、洗好的床單等，他們也會替我們代收。從站在門口聊天，到去他們家看院子裡種的菜，看老太太自己培養的盆栽，看他們多年收藏的玻璃精品，及古典音樂CD片，然後開始請他們來喝個下午茶，吃個晚餐。蹭到他們約好來接去辦事的人沒來，我們也為他們開趟車。

德奈先生每天過日子，像當年當銀行總經理時一樣，非常認真，一板一眼，一切照計劃來辦；尤其特別的是，突然他自認比他太太會買東西，於是去採買日常食物用品一手包攬。報紙廣告只要是減價，絕不錯過，搞得清楚仔細，如實際價錢和廣告有出入，非得吵個公道不可。二人的小家庭，有好幾個大冰箱，買來的減價品屯積到屋頂。每天精神抖擻，像出征打仗一樣。要是我們開車帶他們去超市、趕集、回來也不小氣，贈送一大堆。每次出門時先生下命令，太太小聲道歉，回來後送花、送巧克力、送他們院子生產的青菜。

園藝、種菜、換土、割草，家裡收拾得乾淨清爽。吃飯絕不馬虎，世界國家大事也弄得清清楚楚，活得非常有勁。

我們出去旅行，把門鑰匙交給他們。倆老負責認真，可以非常放心。收信、澆花、開關電燈。今年元月工人在家裝修浴室，我們去了台灣，他們替工人開門，紀錄工作進度，比我們在家還要清楚。旅行回來聽工人怨老人囉唆，老人罵工人不準時。

有時我在想，等我到了八十多歲會怎麼生活，會不會也像我們鄰居那樣？這個問題要等到了那個年紀時才會有答案。

喜獲外孫女

大女兒衣玄生在比國，高中畢業後回台灣唸大學，嫁美國人羅安生Brett Reirson，在香港的美國公司上班。結婚八年，好友們一個個做了媽媽，談話內容改變了，自已覺得玩夠了也該生個娃娃，免得老媽們問個不停。老習慣照計劃來，從去年九月準備懷孕，同年十一月宣佈預產期今年六月。卅三歲生頭胎有點緊張，早就預約我這老媽要全程投入，我就等著去香港陪女兒做月子。

女兒把懷孕、生產過程及嬰兒、大人須知、各種用品等研究得一清二楚。參考書有中、英、法文好幾本；下載網路上各種有關資訊，做成筆記裝訂成冊，生產的專有名詞都已朗朗上口。和婦科醫生談話，只看見醫生猛點頭，連嬰兒用品店的店員，也沒她清楚各種品牌優劣。我想這下子麻煩了，看樣子是個不聽指揮的產婦，醫院由醫生去傷腦筋，產後做月子可是我的事。趕快去請教有經驗的外婆朋友，問了二、三位後，非常洩氣，結論是儘量免開尊口，少出主意，我們爭不過書上的白底黑字。

今年四月中，香港Sars疫情嚴重，女兒、女婿商量回比京生產，我們也同意在家裡更容易照顧。先回比京娘家住了兩星期，安排醫生、醫院等。這段時間女婿回港上班，大肚婆交給我們，每天是按摩、體操、看醫生，老媽開車找地址接送，是戰鬥營狀態。五月中女婿回來，雙雙去了法國南部他們的房子，因無意中發現離家最近的城市Aubenas，剛開了一家最新設備的醫院，又決定在那裡生產兩國的醫生交換意見，由於胎位不正，決定剖腹生產，幾經折騰，最後終於在六月四日端午節那天剖腹生下小外孫女Margaux。二點七公斤重、四十八公分高，一個中美混血可愛嬰孩。

我是六月八日坐ＴＧＶ（快速火車）去法國中南部小城Aubenas，家在離這城十六公里七百公尺高的山上。這條路線是經戴高樂機場、里昂終點馬賽。車廂豪華舒適，但運氣不好，法國全國罷工包括火車，三分之二班車停開，三班車的乘客擠在一班車上，加上是長週末，車上人山人海。幸好我早上車對號入坐，來晚了號碼無效。人和行李擠在走道上，動彈不得。等擠下車子，發現箱子把手擠掉了。女婿來接直接到醫院（通常住院八天），一進門看見女兒臉色紅潤，大小平安，傷口也正常，吊在半空中的心才放下來。再仔細看小外孫女Margaux真的好小好小，眉清目秀，一頭黑髮，好精緻，小小的嘴巴，大大的眼睛，瓜子臉，睜開眼睛有點像女婿，雙眼皮很深，真是個有模有樣的漂亮女孩。

晚餐後接到Pat（親家母）從美國來的電話，「我收到E-Mail照片，和我們Brett小時候一模一樣，只是好小好小，妳確定我們的孫女兒什麼都有？」我沒好氣回她：「當然什麼都有，妳難道以為她少了什麼嗎？」又問：「妳要小Margaux怎麼叫妳？是否叫名字？」「我們中國人叫外公、外婆，不可以叫名字。」真是當了奶奶蠢話連篇，我還忍住沒說。女兒一直禱告，別長一個女婿的大鼻子，還好鼻子適中。提起這洋婆婆，女兒非常感冒，人是滿好心的，一旦熱心起來大家逃命。

等出院回家，我把「如何做月子？」那本書收起來，要女兒儘量躺著，其他一概不出意見，女婿時刻伺候在側，連娃娃洗澡及換尿布都一手包辦，我看洗個澡瓶瓶罐罐十幾個，洗了兩次後，我情願做幫手，吃完奶每天要唸半小時書給Baby聽。小倆口非常恩愛體貼。我負責開車買菜、洗滌，接世界各地不同語言的電話，有空游泳池游廿分鐘，兩星期後老伴也來了，四人每天商量吃什麼。女婿很會做洋飯，鄰居農場有牛肉、雞蛋、鮮牛奶、乳製品新鮮乾淨有營養。中國東西女兒想吃葱油餅、水餃、刀削麵、羅宋湯、雞湯，我們輪流做飯，吃得舒服自然，我也沒有加什麼補藥。女婿很小心，深怕一不注意，我這老媽把什麼奇怪補物給女兒吃下去，大概住香港被廣東人那種補法嚇壞了，我也不會煮幾個鐘頭加一大堆中藥的湯。何況在歐洲生活了卅多年，想到麻油雞用一瓶麻油來煮，也覺得滿怕人的。

晚飯後，大伙推著Margaux小車在後山散步，這台車是從法國訂購，運回香港又再運回來的。夕陽快西下，天際一片紅色餘輝，沿著山際有條路直上St. Laurant小村莊，離我們家一公里半，這小村莊只住了卅八個人，但遠看十分雄偉，像盤踞在山頂上的一個古堡，尖塔高聳入雲。屋子全部用大石塊建成，從村莊中心區公所、教堂平台看下去，農莊、牧場、樹林、蟠旋的公路、大片的葡萄園、群山谷中遠處的Aubenas萬家燈火，都在腳下。我非常喜歡這個地方，是個與世隔絕的世外桃源。遇到村裡出來散步的鄰居，山居無新鮮事，人人都認識我們Margaux，停下來欣賞讚美一番，因Margaux出生的消息上了當地小報，所以大家都有興趣看看我們小外孫女。

她成了此地無人不知、耳熟能詳的人物。

三星期很快就過，看年輕人安排得不錯。女兒已經在家裡游泳池下水了，親家夫婦下星期就來接手，是打道回府的時候，和老伴訂了火車票。那天聽女兒和香港好友Patricia（她比女兒早生二星期，西班牙人，也是老媽來幫忙做月子）通電話：「我這裡像天堂一樣，每天有好吃的東西，我媽說卅多年前生孩子的事。早就忘記了，所以連吵一句嘴都沒有，什麼你們吵得要離婚，妳老媽整天哭，女兒也整天哭，怎麼會這樣呢？」我和老伴相視而笑，幸好早就想清楚，不然例子那麼多。何苦幫忙幫成仇人呢。行前女兒依依不捨：「媽，妳走了我怎麼辦？」「一定辦得很好，等Pat來，妳態度要注意一些，不管如何她是來幫忙的，記住！不可翻臉，懂不懂？必要時我可以再來，如果想帶孩子回比利時住幾天也不錯，妳的老朋友都在那裏。」

回程火車上，我心裡在想，我們這個生在法國的外孫女兒Margaux，她的母親是生長在比利時的中國人、父親是瑞典後裔的美國人、外祖父母是純中國人、祖母是純美國人，平常家裡用英文、法文、中文溝通，又將住在香港至少要好幾年。十八歲時又可選擇做法國人，她到底是什麼人呢？想想頭都有點昏了。

訪梵谷、莫內故居記—印象派大師最後的家

四月廿五、廿六兩天和幾位朋友，參加旅行團，去參訪二位世界級畫家，梵谷和莫內最後居所，在法國巴黎近郊二個小城鎮—Auvers sur oise及Giverny，稱印象派彩色之旅（Couleurs impressionnistes）。這兩個小城距離不遠，而且都是因兩位畫家而聞名於世。

文生　梵谷　Vincent van Gogh（1853-1890）荷蘭人

這位不世出的天才畫家，六個孩子家庭的長子，廿七歲才開始繪畫，畫了油畫、素描一千多幅，但一輩子只賣掉一幅畫（紅葡萄園），一生貧困潦倒，一生為精神病所折磨，最後吞槍自盡，只活了卅七歲。這次我們參訪的房子，是一八九〇

年五月時梵谷為靠近他最親近的弟弟Theo及養病，搬來這裡自殺前最後七十天住的地方—Auvers sur oise—這個小城離巴黎三十公里，塞納河貫穿城內，主要街道沿著塞納河，梵谷的故居及Auvers古堡、車站，都在這條街上。一百五十年前許多印象派畫家在這裡居住發跡，因離巴黎近、風景美麗，沒有工業污染，房租便宜，所以印象派畫家如Corot、Daubigny、Daumier、Gauguin、Cezanne、Pissarro等都住過這裡，後人叫它畫家之路（Le chemin des peintres）。在路上走過時，導遊介紹這是Pissarro的花園，那是Corot的房子等，真是處處有名，各各是勝，並且有畫為憑。梵谷住在位於Place de la Mairie的主要街上，一幢店面式的房子叫「Auberge Ravoux」，他住過的房間仍保持原貌，是閣樓上的一個小房間，爬上狹小破舊的樓梯，牆上裂痕處處。房間有一張小木床，小櫃子，沒有看到畫桌。據說最後七十天，他在這裡完成了八十三幅畫。離開這幢房子不遠處，靠近市場有個小公園，立有一個梵谷雕像，長臉瘦瘦的身材，兩手下垂，右手拿隻畫筆，左手拿個畫板，背上背個折椅。很生動自然，衣服皺皺的，表情嚴肅，像個潦倒畫家。是Ossip Zadkine雕刻家雕的。「Auberge Ravoux」這幢房子樓下是個飯店及咖啡館，也是當年一群窮畫家聚會的地方，大伙交換畫壇動態，各種消息，討論聯展事務，像個總聯絡中心。至今尚有卅八位畫家住在這小城。小城的教堂、麥田，河邊、古堡、山谷、花草、田野從一百五十年前到現在一直有人在畫，可以看到同樣景色好多，不同畫家畫的畫，拿著畫冊和實景對照，非常有意思。但梵谷是獨一無二的，他的畫中那股狂熱，烈光焚燒的深刻感覺，每每讓人震動不已。他簡單的墓碑上寫著「文生・梵谷安息此地一八五三—一八九〇」。

克勞德　莫內　Claude Monet（1840—1926）法國人

這位商人的兒子，十五歲已出售他的畫，前後跟布丹（Boudin）、巴比松（Barbizon）畫派的特羅容、荷蘭畫家瓊康（Jongkind）、馬奈（Manet）等學畫結緣，二次結婚（卡繆及阿麗斯）並創作「組畫」。所謂「組畫」，就是在同一位置上，對同一景象，在不同時間、不同光照下，連續作的多幅畫作，（多達十五次描繪）有名的「白楊」、「倫敦風光」、「池中睡蓮」（廿六幅），他常常是黎明既起，帶著成車的畫布，跟著日光的變化，每隔兩小時改畫一幅。「組畫」每次展出都獲得極大的成功。

一八八三年定居吉維尼—Giverny—這是一個以莫內聞名於世的小城，全城運作也是以他為重心的城。小城樸實自然，四周是一望無際的田疇原野。沒有優美起伏的自然風景，所以與梵谷不同的是，莫內自建大莊院、大花園、大池塘，引進奇花異草，建日式拱橋，池塘中遍植睡蓮，在自家就能作畫。那是一座扁長方形二層的紅磚房，一排幾十個綠色大窗戶，迎著陽光及大花園，花園中許多是法國看不到的花草有紫藤、水仙、大理花、百合、蘭花、罌粟、菊花、紫杉、飛燕草、另外爬藤類葡萄棚、蘋果樹、櫻桃等，還有幾十種鬱金香盛開著。千紫嫣紅，美不勝收。在巴黎參觀Marmottan博物館時，全館幾乎全是莫內的畫，許多大幅的風景畫，有水仙、睡蓮、拱橋，顏色鮮艷奪目，為之目眩神馳。等到達吉維尼他家的大花園及池塘時，就看到了每幅畫的實景，你無法不佩服畫得如此傳神，而且意境要高得多，比實景美得多，他給了每幅畫生命。那種震撼是種嶄新的感受。也讓我暸解了一件事，畫家眼睛看到的景物，和我們是不一樣的。

印象派畫派是馬奈（Manet）創造的，但真正完全實現理念和技法，將一生精力獻出，對西方畫壇產生重要影響力的是莫內。他突破學院派保守畫法，致力於描繪光與顏色，重點不是實景本身，而是全局景物環境、空間、光線、顏色再加上個人風格及想像力，看了畫再對照實物，就能領悟明白了。

梵谷因性格孤僻，和別人格格不入，認識Gauguin、Cezanne、Seurat等印象派畫家及受日本板畫的影響，形成特殊強烈的個人風格。他的畫在一百多年後，被賣到天價，有時想想，遲來的成功，對當事人的意義在那裏呢？

老人會

去年二〇〇三年夏天歐洲酷熱，法國熱死一萬多人，大部份是體弱多病的老人。所以，我一直在擔心我們這群老人會的老人們，有沒有什麼狀況？過完休會的七月和八月，九月大伙見面，沒想到個個紅光滿面、神清氣爽，步履捷便，老而不衰。看來比以前還強。

魏媽媽去趟美國，住了三個月。本來太瘦的她，重了五公斤，說美國水果蔬菜多好、多樣又便宜，吃得美死了。曾媽媽勤練「長生學」，動作俐落，笑臉迎人。單先生進趟醫院動了個大手術，卻一點也看不出來，告訴我們：「我這病在中國早就蒙主迎召了，因為送不起那麼多紅包，這裡可不一樣，像住進五星賓館。護士招呼的無微不至，醫生問病情，遇到語言不通，電話直達家裡女兒翻譯，可真講究呢！」說得大伙笑開了。

胡先生夫婦從北京回來，談這次「非典」的親身體驗，他說「中國有百般不好，而且是這個病的禍首，但我發現他們要做的話，比台灣嚴密徹底，宿舍發現一個病例，馬上隔離封鎖，絕對沒人有意見，台灣太民主，你封鎖我就逃走。簡直不能想像」。

十月，中秋節我買了月餅、碧蘭遠從魯汶送來自製點心、阿心早來燒水、泡茶、掃地，大伙圍坐聊聊，滿像過節。

年前，大伙想起上次陰曆年聚餐的盛況，商議今年是否再辦？經與「慈濟功德會」義工商討結果。等過了陰曆元月十五訂一天，請個素食專家給我們做素食，大家聚聚聊聊，不限老人會會員，凡報名繳餐費都歡迎，熱鬧熱鬧。

奇特的老闆

走進家具禮品店，被那數不清五光十色閃爍不定的燈泡嚇了一跳。年節一片喜氣，古色古香的材料和古董中國傢俱，十分登對。看樣子老闆接受了我的建議，太新潮的佈置會降低中國傢俱的價值感。現在看起來有點像走進一家高級中國式裝飾的五星級旅館，桌、椅、櫃放得恰好自然，帶著古典高貴味道。

認識老闆戴柏興（我給他取的中文名字）非常偶然。三年前我退休沒事逛購物中心，走過一個中國傢俱禮品店，看到兩三個方形有許多小抽屜裝中藥，註上藥名的櫃子、十幾個水煙袋、幾套抽鴉片的用具。這些東西在我從小長大的環境中，並沒有接觸過。所以引起我的好奇心。同時發現這位金髮淺藍眼長的好看的中年老闆，正困難的試著向一位顧客解釋這藥櫃的來由。我忍不住想幫他，櫃子每個抽屜上用中文標示中國藥材的名字，雖不全認識，但當歸、枸杞、黃耆、總能解釋個大概。經我幫忙櫃子賣了個好價錢。老闆有禮請我喝咖啡談談。就這樣我開始替戴柏興翻譯中文，瞭解每個傢俱來處做什麼用途，為防止鬧笑話。這位高個子猶太比利時人，英文、法文、荷文非常流利，寫一筆好字。但遇到中文就傻眼了，他是買賣中國大陸、泰國、印尼各地收集來的古董傢俱，他有眼光，瞭解市場需要。本人直接到鄉下人家裡以現款收購，有聯絡人替他找貨源。在這個百業蕭條的年頭竟然一本萬利，每年四次進貨，還來不及賣。隔一段時間我去上班，會發現上次一大排傢俱都不見了。每次付我薪水給錢乾脆，新貨訂價錢時常徵求我的意見，現在他也能分辨一些傢俱的用途。大件的如能賣個好價錢，老闆會開香檳酒慶祝。

Robert Deabecine（戴柏興）是個很奇特的人，高帥風度好，今年五十歲結婚五次。除了第二任太太再嫁以外，其他三個離婚太太都是他照顧，所以讓現任太太Fabienne非常不滿。

Fabienne常對我訴苦，因此我又多了個排解糾紛的工作。除了Fabienne沒為他生孩子（她和前夫生有二個孩子）外，每位卸任太太都生一個孩子，最大女兒廿六歲，第二男孩廿一歲（爸爸供他在英國唸書，他不和他爸爸講話），第三男孩十八歲處的還可以，第四女孩九歲，因身體健康關係不去學校上學，在家請人教，常來店裡玩。這樣他要養活四個太太，六個孩子。

每個沒再嫁的卸任太太都因有一個孩子，不但每月得付贍養費，舉凡家裡什麼東西壞了、漏水、電器用品、門窗屋頂地板出問題全是他來管。聽Fabienne抱怨，常丟下店不管，又去修理哪一家的什麼東西出問題了，所以他非常忙，開銷也非常大。他說他是個錢櫃，只要姓他姓或曾經姓他姓的，都有權力取用。甚至再嫁卸任太太汽車壞了，也是他去修。他對孩子們溫柔有耐性，對所有的女人愛護細膩有理。有天我忍不住問他：「為什麼你這麼愛離婚又結婚？」他想了想說：「我這個人看不得人家不快樂，只要她開始埋怨指責，我馬上讓她自由，我第二任太太一直讚揚我的一個好朋友，所以我安排他們做了夫妻。」聽得我瞠目結舌不知如何接腔。

更奇特的是，他住在離比京六十七公里的鄉下。開車上下班加起來三小時，冬天下雪天更久。養了三匹馬、二隻大狗。房子是老闆自己設計農莊式的大別墅，除了重要部分由包商蓋，其他細工自己做，所以遷入新居三年，所有的櫃櫥都還沒裝上門。客廳牆上要掛的名畫，還沒掛上。Fabienne說每天來看店，收拾家，照顧兩個孩子，還要擔心兩隻狗會把櫥櫃的東西掏的一屋子。我問老闆，他說：「這屋子是從小的夢想，我喜歡自己動手做。但我太忙。」我勸Fabienne不要抱怨指責，除非想好準備分手。

更奇特的是他做生意全是用現款，不貸款、不開L/C，完全不管國際貿易那套東西。銀行利息升降、外匯貨幣高低、經濟不景氣與他無關，所有付帳都是美金現金交易。所有貨源因付現金，海關報稅由他決定，進口時來價提高，賣出時利潤變少，交稅也低。他這樣做生意十幾年，十分成功。

畫家沙耆的旅比十年（1937/1946）

前言

老畫家沙耆兩年前得了老人癡呆症，住在上海療養院裡有兒子陪侍；兩岸三地為他舉辦的展覽會、研討會繼續進行著。比利時駐中國大使在北京的展覽會上致開幕詞時說：「我們將在布魯賽爾為他舉行展覽，由官方籌辦」。

沙耆於一九三七年初來到比利時，一九四六年末離比返國，這十年中他畫了很多畫，到底有多少？無法估計。一九九一年比利時出版了一套「比利時藝術家名人錄」[1]對沙耆有如下的記載：

[1] Paul PIRON, Belgische Beelden de Kunstenaors, 1991; Ed. In Belgium 1999

沙耆一九一五年出生於中國，水彩和油畫家。出國前在上海美術學院學習。一九三七—一九三八年在布魯賽爾皇家藝術學院受業於巴斯儉（A.Bastien）教授，並在巴黎朱麗安美術學院（Academie Julian de Paris）研究。他的作品題材廣泛，尤以室內寫生見長：人物、人像、裸體、花卉、靜物、動物，無不精妙。他的筆法以大膽而寫實見稱。作品在布魯賽爾任悟畫廊（G. Giroux）自一九四五年起迄至一九五〇年連年公開拍賣，之後他就回中國去了。

這一套書之後還另有「藝術家簽名式樣集」[2] 一套，沙耆的簽名是用英文大楷SA DJI。

沙耆這十年中的作品還不時在歐洲拍賣市場出現。下面一例可供參考：比京最大的拍賣場「布魯賽爾藝術宮（Palais des beaux arts）」一九九五年六月份的目錄中有沙耆的「躺臥的裸女」（Nu couché）一幅（65 × 80 cm），一九四五年四月二十八日用中文題簽。評估價四萬到五萬比國法郎（1.000-1.250, Euro）[3] 。

以下報導他旅比十年的經歷和心路歷程。

[2] Belgian Artists Signatures 1991 ed. AAA.

[3] Catalogue de la vent au Palais des Beaux Arts a Bruxelles, 14 juin 1995, No. 989 P. 103

一、初抵異國

像同年代的中國學生到歐洲留學的一樣，沙耆也是乘船來的。他於一九三六年年底從上海搭船，經過新加坡、通過蘇尹士運河到義大利、再到馬賽下船登陸。一個月的海上生活，並不寂寞，除了沿途停靠的口岸可以下船遊覽，最幸運的是在船上遇到一位法文老師，學到一些日常應用的句子。

從馬賽搭火車經巴黎、轉到布魯賽爾，要一晝夜的車程，幸而一下車就有中國同胞來接了。

駐比公使謝壽康原來是中央大學文學院院長，是徐悲鴻的老友；一年前從比利時學成歸國任教的吳作人、出國前也在中大作旁聽生，那時就受知於謝公使，留比期間他們更加親近。沙耆的行程也早經吳先生奉告並拜託照料；還有一位經營禮品生意的王振綱先生，一向關心留學生，吳作人和他交情很好，也早已通過信息。

他們已幫他找好了住處，又陪他去市政府辦理居留手續。他拿的是留學生護照，還未在學校註冊，市政府先給了兩個月的居留期限，學校註冊以後再去延期。這本是一般情況；他卻有點緊張，因為這一學年已過去一半，還能不能註冊？得趕快告知吳先生預作溝通；中大的蔣仁，原來計劃一起來比利時的，上船沒有？一時憂心忡忡，忐忑不安起來。

沙耆回到住處，稍微安頓一下，就到門外走走。比國的冬天又濕又冷，到處灰灰暗暗的；路旁的樹木大都只剩下枯枝；行人穿得又厚又腫：帽子、圍巾、大衣、靴子，看不出他們的盧山真面目。是這樣一個陌生的國度、陌生的即景和人群。

他是來這裡學畫的。他帶來兩封介紹信：一封是徐悲鴻老師的，另一封是吳作人先生的；吳先生肝膽照人，他們夫婦的熱誠令人銘感肺腑；又想到新婚懷孕的妻子，她送自己上船以後，風雨黃昏，一個人回到住處的悽涼；父母的叮嚀和期盼，家人親友的關注，種種無盡的情懷。

這裡就是他嚮往已久的地方，並不完全陌生的城市。他要在這裡學習西洋的繪畫技巧和各種知識，他的心情是既沉重又興奮；他是天生畫畫的料子。從小是那麼熱衷於繪事、那麼執著、那麼鍥而不捨。在中國他已經打下了厚實的底子；他有旺盛的青年活力，不怕吃苦，一定要畫出自己的名堂來，別的事都可以暫且放開，想到這裡他的熱血鼎沸了。

二十年代以來，中國學生來歐洲留學蔚成風氣；比利時是西歐的文明小國，專程到這裡來學習的人數也很可觀。一九三〇年前後光是魯汶大學（Universite Catholique de Louvain）中國學生就不止二百。其他城市像列日（Liège）、根特（Gent）、安特衛埠（Antwepen）、廈勒瓦（Charleroi），都有中國留學生。除了庚款的獎學金、還有教會的獎助；但是大部份都是自費來的，因為那個時期到歐洲留學並不比在上海、北京貴到那裏去。沙耆也是自費來的，雖然從家中帶來一筆學費，但像所有中國留學生一樣，他要咬緊牙關、把錢花在最必要的地方。

二、皇家藝術學院

1、簡介皇家藝院

比利時布魯賽爾的皇家藝術學院與中國有很深的淵源。當時的院長巴斯儉對中國學生特別關注。他最得意的門生吳作人就是一年前回去的。

皇家藝術學院創立於一七一一年，位於布魯賽爾城中區南大街一百四十四號（144, Rue du Midi），經過二百多年政治和社會的變遷，卻始終保持著他們特有的校風和傳統。從這裡出身的藝術家分佈到各種藝術領域，主導著比利時重要的藝術活動，且不說許多外國學生在各人領域的卓越成就。

皇家藝院的古老建築坐北朝南佔據了整條大街，看起來像一座博物館。高高厚厚的灰白牆上用大寫字母雕刻出學校的全名「ACADEMIE ROYALE DES BEAUX-ARTS DE BRUXELLES」；像很多歐洲的古老建築一樣，屋頂上雕滿了人物，一排並列、古色古香。

原來的大門已長期封閉，另開一個新式的方便小門，便於門房管理。這是一個自由開放的學府，每天有六百個學生進出，一進門到處都是價值連城的藝術品，別看那積滿灰塵破殘不全的石雕，無不是名家的原作。最近學校失竊，一件十七世紀的雕塑被偷走，校長傷透腦筋。

一個藝術學院當然是以培養藝術人才、主導藝術風氣為目的；但學校的風氣對於一個藝術家的成長至關重要。學生們是在一個什麼樣的氣氛中學習呢？且讓我們看看這個頗負盛名的皇家藝術學院，目前的狀況是怎樣的。

二〇〇〇年十一月二十三日，雕塑系舉行新工作坊（atelier）落成慶祝餐會，現任校長艾芒士（Philippe ERMANS）和教職員都來了。自助餐點大都是學生自己準備的；雕塑系是大系，場所很大，但人手不多；工具和作品都非常笨重。餐會就在新工作坊舉行，氣氛熱烈；校長和教授們的穿著和談吐都輕鬆愉快；學生們呢，從衣著到髮膚真正是五顏六色，他們和老師們自由傾談，無拘無束；連伙房的廚師、雜役也歡呼喜笑，完全是一個大家庭的氣氛。

忽然從外面進來一人，肩上扛著一隻整條的大火腿，一路吆吆喝喝。此人五短三粗，留著馬克思的鬍子，身穿毛線上衣、外罩一件髒兮兮的工作服。這就是他們的系主任、國際知名的雕塑家馬丁教授（Martin GUYAUX），他最近替羅馬市區製作的金屬雕像、重達七十三噸。他把火腿往桌子上一放，宣佈說：「我弟弟是賣肉的，他送給我們一條上好的火腿，來呀，郭女士，你是我們的貴賓，先給你這一塊」，說著一刀切下半斤多的一片火腿肉。

有一位從美國轉學來的上海姑娘王曉昱告訴我：她非常喜歡這個學校，在這種氣氛下可以真正學到東西，發揮自我、投入工作；在美國完全不是這麼回事。

學校門前是一條熱鬧的大街，對面就是學校的材料供應合作社，所有學生們需要的器材、諸如畫家用的油彩、筆、布、框架之類，應有盡有。學校對學生有優惠辦法、尤其對經濟情況不好又特別優秀的學生，幾乎是免費供應。吳作人和沙耆都享受過這種優惠。校長說這方面學校的負擔很重，但這個傳統必須維持。

十多年前從台灣來了一位聾啞生林良材，跟馬丁教授學雕塑多年，既聾且啞、學習和施教兩方都特別辛苦，但幾年後他竟脫穎而出，成為優秀的雕塑家。他為天安門事件製作的「自由雕像」，永久屹立在比京自由大學（V. U. B.）、佔地五千平方米的草坪上。

這就是布魯賽爾的皇家藝術學院，二百多年來保持著他們獨特的學風，從吳作人時期，到沙耆，到林良材，到今天五顏六色的新潮流時代，基本上一脈相承，繼往開來。

2、巴斯儉院長和他的中國門生

巴斯儉[4]（Alfred BASTIEN 1873-1955）、比利時皇家藝術學院出身，擔任高級油畫教授十八年（1927-1945）、院長十年（1928-1938）。他是一派宗師（Auderghem），畫風獨俱。師從弗拉芒的傳統而不執著。他擅長風景、人物、靜物、人像，他的筆法是既傳統又灑脫自如。他的鄉間別墅烏日夸濤（Rouge Cloitre）儲藏了他大量的作品，現在成為一個藝術中心（Centre d'Art du Rouge Cloitre）。

最近學校投入很大的努力，修復了兩幅偉大的壁畫，其一就是巴斯儉青年時代（1897）的得獎之作「Humilité chretienne耶穌的謙卑」，畫聖經耶穌為門徒洗腳

[4] Alfred BASTIEN 徐悲鴻譯作「白思天」；大陸一般文獻作「巴斯天」我們採用與法文接近的發音「巴斯儉」。

的故事（262×420 cm），另一幅是約翰、戴偉爾（Jean Delville）的「祖國的祭壇」（Autel de la Patrie 1918, 305×255 cm）畫的是第一次大戰為國捐軀的戰士。

這兩人都是本校出身，畢生供獻給母校的不朽畫家。今年十一月二十九日學校舉行盛大的酒會，介紹這兩幅名畫，和這兩位偉大的畫家，以及修復工程的經過。酒會到了許多藝術界的專家、名士；氣氛熱烈，有不少精采的發言和問答。

這個酒會和展覽，正說明了這個學校，它的師資，和它的藝術活動。

巴斯儉教授為人豪爽，熱心教學、獎勵後進；他和中國人的淵源很深，徐悲鴻旅歐期間經常來比國研摹，兩次在比利時開畫展，巴斯儉全力支持，交情深厚。徐推荐吳作人（Ou Sogene 1930-1934）跟他受業，成為他最得意的門生，建立了深厚的情誼。與此同時中國留學生在皇家藝術學院進修、成績優異的不乏其人：和吳作人一起來的中央大學的老同學呂霞光（Lu Chakwan 1931-1935）只晚一年；同一時期來自上海的張充仁（Tchang Tchong Zen 1931-1935）[5]，在學期間與比國漫畫家艾仁（Hergé）[6]合作漫畫「旦旦歷險記」，在歐洲家喻戶曉；學建築的章翔（Tchang Siang 1933-1936）學習成績更加輝煌。這些學子在這裡為中國人樹立了良好的形象。

[5] 張充仁是虔誠的天主教徒，留學期間與魯汶大學的神父熟識，神父推薦下與HERGE合作

[6] Georges Remi HERGE 1907-1988, “Aventures de Tintin et Miilou”.

除了這些正規有案的學生外，還有許多跟他受業、享受學校設備的自由生如：化學工程師黃瑞章先生、中國駐波蘭魏宸組公使的夫人，都和巴斯儉早有交往，這時也經常在藝院臨摹。

三、註冊入學及三年學業

吳作人得到沙耆告急的消息，剛好中大的另一位留學生蔣仁已整裝待發。他立即設法與巴斯儉連絡，請他允許沙耆註冊，以便延長居留；同時把自己的近作和親筆函件另交蔣仁帶去。

其實，吳作人的信息還沒傳到，沙耆的問題已經解決了。吳作人和比籍愛妻李納的婚禮是巴斯儉主持的，他們交情深厚，早就超過了師生關係。回國後經常書信往來，所以沙耆的事巴斯儉早就知道，他早已盼望著這個學生的到來了。

沙耆的第一個住址杜木街五號（Rue Francois Doms 5），離學校不遠。他略事安頓、弄清楚方位和周圍的環境，帶上兩封介紹信和你自己的作品，就去看院長了。

院長親切地接待他，看完兩封介紹信，就急著看他的作品，不斷地點頭。這個學生已經有很厚實的基礎，而且資質優秀純樸，慢說初級班的新生，就算高級班裡，這樣的質材也是難得。他找人來立刻給他補辦註冊手續，作為一九三六—一九三七年度的學生，註冊日期寫的是一九三六年十月十五日。接著就隨班上課了。

沙耆實際上是一九三七年二月入學的，到一九三九年七月，以兩年半的時間，從皇家藝術學院畢業，成績優異，獲得「優秀美術金質獎章」。這兩年來，他拋開一切累贅，心無旁騖，埋頭苦幹！

四、學校生活

沙耆化了許多工夫找自己喜歡的住處：六青年街五號（Rue des six jeunes hommes, 5）是一棟三層樓的老房子，雖然陳舊，格調很好，鬧中取靜，小巷出來就是大馬路。

每天沙耆從家中去學校，一出巷口就是寬敞的攝政路（Rue de la Regence），兩旁樹木花草，中間有電車叮噹駛過；橫過馬路是沙布隆聖母院（Notre Dame de

Sablon），往下走就是大沙布隆廣場（Place du Grand Sablon）、有名的古董街。廣場四周古董店如麟節比、每逢週末又有古董市集、擺滿了攤位；穿過廣場順右首是一條下坡的勒布街（Rue J. Lebeau），兩邊是古董家具店；走到底右首有一個石階，上去就是比京最大的阿爾拜一世圖書館（Bibliotheque Albert I）；左轉穿過橋洞是醫院街（Rue de l'Hopital）兩邊盡是樂器店、書店；右首五十公尺便是「黃金方場」（La Grand-Place）；左首二十公尺是著名的「小孩撒尿」（Manneken Pis），走到盡頭是學校那條「南大街」（Rue du Midi）左轉幾步就到了學校。

這一路行來，上上下下、彎彎曲曲，眼中盡是古董、藝品、圖書、文物；不時又有糖果、糕餅、鮮花店攤出現，比京最有名的甜點店也在這裡。

沙耆由家中出來從容地走，一刻鐘便到學校；悠閒地逛，時間無可估計，整天也逛不完。藝術家們都喜歡來這樣的區域尋寶，而沙耆就在這裡一住九年。他不時買一點舊書刊、畫片、剔花刺繡（此地著名的手工藝品），甚至糖果，寄給國內的老師、親友[7]。

沙耆在學校裡他埋首工作，不大參與青年人的熱鬧，常常帶著畫具或書包獨來

7 以上路線相當準確，可作為同好者的旅遊指南。

獨往；在中國同學圈子裡，偶爾也參加一點團體活動。頭一年才到不久，中國駐法大使館、邀請全歐留學生、參觀巴黎的國際美術技術展，他也去了。他們被招待在巴黎鐵塔上的飯店聚餐。有一張合影，沙耆在上面加註，簽名是用的「吉留」，剛到的時候還偶爾使用這個名字。

蔣仁在比國的時候，二人走得較近；蔣仁去巴黎以後，他就很少與中國人往來。

沙耆搬到六青年街五號以後，直至抱病回國，再沒搬動過。

五、畫展及經濟情況

1、畫展及畫評

沙耆在比利時的畫展也不是一砲而紅的。從學生時代他就參加一些學生展覽性的活動。畫展也是從中國題材，或具有中國風格的作品開始，漸漸進入歐洲人的領域，打入主流社會。從下面的幾篇評論文章，可以看出他是怎樣一步步走過來的。

一九四一年二月巴爾杜詩（Georges BALTUS）為沙耆在小畫廊（La Petite Galerie）個展寫的評論：

首先對沙耆的身世、生長的環境作了詳細的介紹；然後說到中西文化的交流，認為幾個世紀以來，中國藝術不斷在歐洲出現，引起藝術家的興趣；另一方面，中國的帝王們對於歐洲的藝術也極為欣賞和引進。文化藝術的交流不僅能提升各自的品質，並能導向一個超然的藝術世界。

於是他說：

「從沙耆這次展出的作品中，可以看出一個藝術家並不因接受了外國的訓練而放棄自己傳統的優點。在他的水彩畫中，從人物、鳥獸，到自然景觀，我們震驚於他那高度的技巧、以其慣用的手法、精確地點中要害、而從無失閃。」

「在他的靜物畫中，我們又復發現他這種天才的表現：當我沉浸在畫景中的時候，找不到更好的讚美之詞，只好說是一種衝突的融合：在畫面上是激情和審慎的融合、粗獷和細膩的融合；在用色上又是光亮與暗淡的融合。面對這樣融合、調諧的作品，我覺得這個中國藝術家，他發現了一個第三空間，他的作品就成為一個見證，見證了一個超然的藝術領域的存在，沒有疆界的藝術世界。」

「沙耆的父親喜歡說『當人們感到孤獨的時候，就會想到自己的母親、自己的兒女；由於目前中國的災難、比利時的災難，沙耆滿懷孤獨與無助，他把內心深處的中國情結，虔誠地表現在作品裡。

我深信布魯賽爾的民眾，看到這些中國繪畫，會有同樣的感應，正如沙耆把信心交付給我們比國的老師一樣』；我們也把信心交給這個天才橫溢的青年畫家。」

這次展出的作品有國畫「青山白水斷詩魂」、「唐代的樂舞女」、「貓」等。一九四二年三月他在同一畫廊（La Petite Galerie）開個人畫展，史蒂凡（Stephane Rey）為他寫的評論是這樣的：

他介紹完沙耆的出身、背景，也說到中西文化交流互利的義意。認為沙耆在內心深處蘊藏著性格上和中國傳統中的各種內涵；但在接觸到西方的文化藝術，尤其是直接接觸到西方偉大的藝術家，諸如：Velasquez、Rembrandt、Goya等人，再加上現實環境中學到的新的表達方式，這些衝擊和震撼，使他的畫風轉向一新的境界，那是對大自然和生命的歡呼和歌頌。

「沙者的藝術風格認真嚴謹並且有著深刻的含義。他深入大自然，去了許多前人未及的地方，這正是宋朝以後的藝術家們所缺少的。直接與大自然、生命的接觸能給予他所要的一切。」

「對於沙者來說，大自然是一切神奇的源泉，他花了許多時間細緻地觀察，但也陷入了沉思：人類在天空、海洋、山脈、河流及其他大自然事物面前是那麼渺小。花朵、樹木、蘆葦、可愛的動物或是宗教儀式都可以作為活的主題。同時也是一種對大自然的禮拜。沙者的藝術最為明顯地表現出對歐洲藝術的借鑑，使他擁有了十分特殊的品味。」

「中國的婦女、兒童、嚴肅神秘的達官顯貴都單獨或幾個一起出現在秀麗的場景中。民間故事、宗教儀式和民間（藝人）表演的場景也出現在畫中。

沙耆技藝高超，這是他長期刻苦練習的結果。他的畫表現出他令人困惑想法。他獨創的精細的著色法令人驚奇。極富想像力和表達力的沙耆把我們帶入一個充滿東方夢幻的世界，那裏聳立著貼著琉璃瓦高塔；那裏荷葉隨著蜻蜓的抖動搖擺著；那裏長滿青苔的石獅張著嘴巴和憤怒的雙眼，在寺廟門口站崗放哨。

這位年輕的大畫家前途一片光明，沒有人懷疑，在不久的將來他會揚名歐洲，就像不久前的另一個亞洲人Foujita一樣」。

滕田、傅士達（Foujita 1886-1968）是當時極負盛名的歐洲畫家、畫貓的聖手，他來自日本，在巴黎成名。他的畫是以西洋的技巧、東方的詩意和細緻、享譽歐洲畫壇。史蒂凡這樣的讚譽，怎不令一個青年畫家興奮！

這次畫展（一九四二年三月）雖被如此讚許，但展出的作品仍是以中國題材爭勝。諸如：寺廟前的獅子；中國婚禮「拜天地」；以及「觀音菩薩」之類。

但是漸漸地，他的題材轉移到身邊的比國事物，就完全融入了西方的主流社會。一九四五年十月，史蒂凡是這樣寫的：

這個中國來的青年畫家，在我們這裡已經站穩了腳步。他優秀的作品、橫溢的才華、旺盛的進取心，以及特殊的藝術家氣質，使他贏得了一致的讚賞和好意。

沙耆，我們無須再爭論了，對他的作品我們可以評頭論足；但卻無法再漠視。我們認識沙耆是從他以前、那些富有東方色彩的作品開始：他的花卉、廟宇、民間的街頭戲等等，那時他以天才的妙筆，熟知的畫題，大膽的勾勒出一種驚人的和諧。

可是今天他展示給我們的作品卻完全是另一種風格。水彩畫竟像魔術般的自然、流暢。他畫的都是我們這裡的景物—尤其是莫斯河（La Meuse）—或者極其簡單的場景，城市中的公園等等。他用一種極其少見寫實手法、審慎地、勻稱地，描繪出我們本地的風光。

這些作品，看似平常；但是極其深邃，它們將會使真正的行家著迷。

「會使真正的行家著迷」這句話是真知灼見。七十年代初期，台灣的一位畫家來皇家藝院進修。他在拍賣場看到一幅沙耆的畫。他說：「第一眼我就醉了」。簽名是洋文「SA DJI」，還以為是阿拉伯人或者日本人，但看來看去總覺和自己有點淵源，從此畫家、文大教授黃朝謨就成為「沙迷」，收藏了多幅沙耆的作品；對沙氏有極深入的研究。

2、畫展與賣畫

沙耆從家中出來的時候，帶來一筆學費。那時他父親沙松壽的事業很興旺，給他帶上兩三年的留學費用是正常的。史蒂凡覺得沙耆有一份獎學金，這也非常可能，他的學習成績那麼好，應該想到庚款的獎學金，吳作人當年也拿過的。這個獎學金比利時有個委員會管理，可是實際上決定權在上海的比國領事郝斯（Hers）手裡。沙松壽在上海很有辦法，這個關係也拉得上的。

再就是給人畫像也有不錯的收入。所以沙耆在經濟方面至少是沒遇到困難；至於真正的賣畫賺錢，還是畢業以後參加或舉辦畫展。據史蒂凡記憶，沙耆的畫賣得很好，大概每次畫展都能賣光。

可是畫展的費用也很高，比如配一個50×40cm畫框也要250 FB。一九四二年三月，他在小畫廊開個展，光是配框就花費五千多比國法郎；再加畫廊的租金、賣畫的抽成等等；一個初出茅廬的青年畫家在知名的畫廊開展覽條件就更苛刻。所以畫展開得很成功，佳評如潮，畫也賣得不錯；到結帳的時候才發現剩下不了幾文，畫家常有被剝削的感覺，沙耆和畫廊老板也打過官司。

畫家除了開畫展賣畫，還可以在賣畫的店中寄賣。舉一個例子：杜松道大街十四號（14, Avenue de la Toison d'Or）有個畫店（A Bruyninckx, Tableaux）替沙耆賣了三幅畫，條件是這樣的：每幅賣價一千二比國法郎，三幅三千六，畫店抽百分之十二，沙耆拿到3618 FB，比開畫展還好。

德軍佔領時期，文化活動照常，畫廊的生意興隆是有道理的。文化活動可以給佔領區的人民精神上的慰撫，並且有安居樂業的表象。所以佔領軍對開畫展給與各種方便和鼓勵；其次，打仗的時候生活物資奇缺，商人與德軍勾結，走私日常用品，很多人口袋裡有不少黑錢，拿去買畫既附庸風雅，也是一種投資。

至於畫的行情差別很大。沙耆的畫開始在小畫廊展出，五百到一千比國法郎（一個普通工人的月薪）就買到了。巴斯儉的起碼一兩萬，傳士達（滕田Foujita）的畫得好幾萬，名畫家的畫幾十萬，上百萬的都有。這對一個充滿希望的青年畫家是多麼大的誘惑！

我們要了解一下當時的一般物價、生活水平，才能體會到一張畫的相對價值。一九四二年八月沙耆在療養院住了一個月，全部醫療費用是1550 FB.；一個公教人員的月薪也不過這個數目。

戰爭結束以後，歐洲復甦重建，社會欣欣向榮，形勢一片大好。他到處旅行作畫，參加展覽。他苦心孤詣等待的那一天就在眼前；傳士達（滕田Foujita）第二又算什麼，他要直追畢卡索哩！

以下是歷次畫展或邀請參展的順序

一九四〇　比利時建國百周年紀念館與畢卡索同台展出Atomium avec Picasso……。

一九四〇　六月，杜松道畫廊與匈牙利畫家德立克聯展Galerie de la Toison d'Or。

一九四一　一月十一日，建國五十周年博物館Musée Cinquantennaire。

一九四一　二月廿一日—三月六日，小畫廊La petite Galerie，舉行個展，巴爾杜詩寫評。

一九四一　四月五日—四月三十日，列日市歐洲藝術中心第三屆聯展，五位藝術家聯合展出。

沙耆以九幅中國畫參展3e ARS-EUROPAE, Liege Salon rose et or, Hotel Central, Place de la Republique Francaise 2,。

一九四一　四月廿三日，邀請去安特衛埠展覽的信Guillaume Campe。

一九四一　十二月廿四日，請沙耆提供十二幅畫參加聯合展出的邀請函。

Les Amis du Musee des Beaux-Arts de Namur。

一九四二　一月十日—一月廿三日，文藝復興畫廊Galerie La Renaissance。

一九四二　三月六日—三月十九日，「小畫廊」個展，史蒂凡寫評，吹笛女為皇后收藏。

一九四三　一月六日—一月十五日，杜松道畫廊 Galerie de la Toison d'Or 個展。

一九四四　九月七日—九月廿二日，「攝政畫廊」Galerie le Regent 個展 Direction B- MERTENS。

一九四五　二月十日，比國美術院長Decat 主辦。

一九四五　五月十八日—，五月三十日，「杜松道畫廊」個展A.BRUYNINCKX。

一九四五　十月五日—十月十八日，「小畫廊」個展「雄獅」贈祖國。

一九四六　三月廿二日，倫敦路易卡奴Louis Cheno回信確定在倫敦的展覽條件。

上面的清單主要根據卡門藝術中心的「沙耆畫集」和他們提供的資料，且經查證；除此之外也還有漏列的可能。

六、交游

1、畫壇內外

初到比國的時候，沙耆還偶然參加一些留學生的活動，探望一下接待過他的王振綱先生。王先生是最早期的留學生，原來是學紡織的。三十年代初他開一家中國古玩禮品店，生意非常興隆，對留學生特別熱情照顧。

蔣仁住在劉家，省了房租。他在國內已是成名的畫師，當然在藝院表現非常優異，和沙耆兩人常常走在一起；但不久他轉到巴黎去。此後沙耆埋頭苦學、專心繪事，很少和中國同胞往來。

歐戰爆發，一九四〇年五月德軍佔領比利時。中國留學生大都回國，這時留在比利時的中國人很少。留學出身的還有錢秀玲化學博士、詹純冰學農業的、華貽幹從法國轉來的工程師等人，他們都已成家，和沙耆也無往來。

有一位廣東台山來的化學工程師黃瑞章先生，夫人是比利時人，黃先生是日本留學的，曾在此地糖廠、啤酒廠實習，後來自己開了個刺繡工廠，戰前生意好時，僱用四十多員工；德軍來了，工廠停頓；黃先生平時也喜歡畫畫；又和巴斯儉常相往來；戰時無事可做，就做了藝術學院的自由生，經常在校中臨摹。這時沙耆已漸入佳境；仍常在校中走動，黃先生為人隨和坦誠、漸漸與他熟稔。

總的來說，沙耆的社交生活是畢業以後開始，而交往的也都是藝術圈內的人士。以下逐一介紹。

黃瑞章（Wong）

黃瑞章（Wong）先生今年九十多歲。行動平穩，經常外出活動，記憶力特強。在我們拜訪的幾位老人中，他年齡最大，身心最健康。為人胸襟寬敞熱情，交友廣闊，從販夫走卒，到達官顯貴，都有他的好友。我們和黃先生過從也有三十多年了，為追尋沙耆的足跡多次登門拜訪，他提供了非常珍貴的材料。

史蒂凡（Stephane Rey 1910-）

在許多畫展中為沙耆寫畫評的先生是一位傳奇人物；而他和沙耆的交往就更加傳奇。這位先生原是學法律、專攻犯罪學的，卻以寫恐怖小說而名噪一時。他又是實業家，開過工廠，主導過大企業；又始終醉心藝術，藝術評論的文章從未停筆。於是他集名律師、名小說家、大企業家、名藝評家於一身，而終身享有皇家學術院院士的榮譽。今年已九十出頭，身心健康，看起來不過八十來歲。史蒂凡（Stephane Rey）是他寫藝術文章的筆名；寫小說的筆名叫「湯姆士、歐文Thomas Owen」，本名則是「Gerald BERTOT」。

從他的畫評中我們可以看出他對沙耆的賞識。當年沙耆是他們家中的常客，給他夫人和兒子都畫過像的。可是這都是五十多年前的舊事，他已是九十歲的老人，這期間和沙耆甚至和中國並沒有來往。想不到當我在電話中說帶來沙耆的消息，他立刻約我見面，他談起沙耆的事竟猶如昨夕。他的秘書說許多年來我們都熟悉了這個名字。史蒂凡仔細地翻閱了一九九九年卡門藝術中心出版的「沙耆畫集」，非常專注。閉目沉思良久。交待秘書要我查詢的人物和資料，列出一個清單，就打電話給他的兒子：「約翰，你把沙耆的兩幅畫像拍照送來」。

他的夫人早已過世，兒子住在鄉下的別墅，兩幅畫像都掛在那裡。

他指著旁邊的一張方桌說：

「當年沙耆來了就坐在那裏，我太太弄個三明治給他，他吃得津津有味。

唉！沙耆呀，光幹活，不吃不喝；他法文講得很通暢。」

幾天以後，他打電話來說，兒子約翰已把兩幅畫的照片送來，約我提前去看他。正好卡門藝術中心國際快遞寄來送他的「沙耆畫集」剛才收到，就帶上去看他。首先他重新專注地看畫集，從頭看起；然後，交給我兩張照片：一張是他的夫人朱麗雅德（Juliette）的大半身坐像，中文落款「沙耆氏之作」；另一張是兩三歲的小約翰（Jean Gerald BERTOT），也是大半身坐像，題的是「天真爛漫」，落款「沙耆作」。都是沙耆一九四二的油畫作品。史蒂凡在像片的背面親筆加上註釋。

人生是緣份，沙耆和他論交應在一九四〇年前後。當時沙耆還是剛從藝院畢業的學生，而他三十來歲、已進入事業的高峰。他用了大量的筆墨、極其深刻動人的辭藻推薦沙耆，從那些文章中可以看出對他的真心欣賞，又介紹他認識許多藝術界的名人。世有伯樂而後有良馬，沙耆在歐洲畫壇的崛起，史蒂凡功不可沒。而後者對前者的全力吹捧與提攜，出自於真誠的欣賞和愛才，沒有其他目的。

巴爾杜詩（Georges BALTUS，1874-1967）

不同於史蒂凡的，巴爾杜詩是專業畫家、雕塑家、藝術理論家，學養深厚[8]，文筆也一樣流暢典雅。當時他大約六十六歲，身體孱弱多病。沙耆和他一見如故，成為忘年之交。

有一回老人臥病在床，沙耆送一本英譯的紅樓夢給他病中消遣。他非常欣賞，

[8] Paul PIRON, Belgische Beelden de Kunstenaors, 1991; Ed. In Belgium 1999

以為這樣的好書應該有法文譯本，一定能打入歐洲人的心底。他說在這部鉅著中，有那麼多的人物，刻畫精微；那麼復雜的人際關係，和動人的情節，安排巧妙；那麼多的場景：樓台殿閣、樹木花草……，都是繪畫的題材，他建議沙耆為將來的譯本畫一些插圖。

從書信中可以看出二人的交情。

一九四二年七月二十九日（29/7/42）：沙耆因精神錯亂送醫治療，不巧老人也生病了，他很著急，特別派人送些吃食（戰時的食品是很貴重的）。並且在信上告訴他：

> 我去過你家，看你那些作品是否安全，這方面你可以安心。你的門戶是警察鎖上的，將來回家的時候一切如舊。要聽醫生的話，才能盡快復原，重新工作。

到八月三十日（30 AOUT 1942），老人病好了，再去沙耆住處，知道他已回來過，並且不久就會出院回家。信上交待他很多細節，希望看見他的時候，已完全康復。像一個老父親對兒子的關懷。

古德絲妲夫人（Madame GOLDSTEIN 1913-）

沙耆在史蒂凡家裡結識了這位太太，也是學畫的，今年八十九歲健在，對沙耆印象深刻。她說：有一天沙耆在她家做客，要吃她自己做的草莓果醬，她去廚房準備，就這麼一會兒，沙耆用兩滴水，給她畫了一張水墨畫像，非常生動。她一再形容「真的是只用了兩滴水畫的」。這幅畫一直掛在他們的客廳裡，後來幾次搬家不知去了那裏？

柯茲（Serge CREUZ）

是藝術界的名人。比京自由大學（ULB）法律系畢業的，也走到藝術的路上，他曾任皇家藝術博物館館長，也評論過沙耆。他發起組織「拜高納藝人之家」（Maison de la Belcone）。小畫廊（La Petite Galerie）的老板王樓（Van LOO）常去；沙耆在那裏結識一些藝術界的名人；王樓的女兒是比國之聲（ECHOC）專門報導藝術活動的記者，所以他們的「小畫廊」當時的聲望很高，在那裏開畫展，一定要有相當的水平；沙耆在那裏的展品大概都能賣掉。

2、紅顏知己

那個時代的歐洲少女，鍾情於外國學生的例子很多，而且大都是溫柔賢淑型的。吳作人和李納的愛情可說是轟轟烈烈；李納溫文典雅、而又明媚堅毅，以至把生命也交給愛情和家庭。同時代的留學生娶到這種典型的比國小姐，或者嫁給比國男士的例子太多了，像上面提到的黃瑞章先生、華貽幹工程師、錢秀玲、詹純冰女士都是夫唱婦隨、白首偕老的。

沙耆在學生時代，沒有風流韻事，他一心向學，麻煩事避之惟恐不及，這一點我們幾乎可以確定的。

一出校門就躋身於藝術家之林。正是人生的黃金年代，有些漂亮的比國女孩欣賞他的藝術和風采，對他表達了非常細膩的感情。

上面提到的喬治雅德在一九四一年十月廿七日寫給沙耆的信上說：

昨晚我和媽媽發生口角，因為她堅決反對在暖氣弄好前繼續跟你上課。一旦可以重新開始，我會立刻通知你……

星期天我會去聽音樂會，也許我們可以在散場的出口見面……

不久以後的另一封信是這樣寫的：

今天下午我對你不夠體貼，衷心懊悔；都是因為這段日子我是太緊張了。希望你不要難過，我一點也沒有怪你的意思。

不管我遭遇到什麼，請你永遠不要內疚，因為環境是這樣的，誰也無法把過去發生的事情再更改。

不要為我耽心，目前最重要的事是繼續準備你的畫展。繼續畫出那些我崇拜的奇妙事物，那將會使你成為我鍾愛的偉大畫家。

喬治雅德

此姝秀外慧中、感情細膩，她鼓勵沙耆放開一切專心繪事，將來必成大器。沙耆經常在身邊的一張少女側面像片應該是她；從信上看出她母親是反對和沙耆交往的。

這一年開始他的畫受到比國人的賞識，聲名雀起；各地畫廊紛紛來接洽展覽。雖然一度病發住院治療，但出院後，加緊工作，連年到處參展或舉辦個展。和喬治雅德的母親不同的，也有父母鼓勵女兒和沙耆交往的。

一九四二年五月，沙耆因故未能參加一個朋友的晚會，他叫花店送一束花去表示歉意。一個名叫瑪麗露意絲（Marie-Louise）的女孩給他的信上是這寫的：

親愛的沙耆先生，

你送我的鮮花是多麼美麗呀！既鮮艷又亮麗，我可以從中看見畫家的慧眼。你這份親切禮物使我感動。

你有沒有收到媽媽的信，她問你為什麼五月十二日的晚會你沒來？我們十分驚訝在你的朋友中未能看見你。我們還請了巴爾杜詩先生，以為那樣在介紹生客時你可以比較自如……

我最擔心的是你可能誤會我們不是你真誠的朋友。爸爸和媽媽都欣賞你的作品，常常談到你，如果他們能為你做點什麼，他們將十分樂意。請相信你永遠是我們家中極受歡迎的客人，請接納我的好意。

瑪麗露意絲

沙耆這時可算得青年才俊，風度翩翩；自己又頗注意外表和禮貌；常想著帶一束花、一盒糖。他這種心性和習慣，其來有自，大概是血液中帶來的吧：心思細密、常常想到別人、想到別人的好處；出國前、出國後、對家人、對外人，出自本性的自然反應；並不是由於這個人今天對自己有什麼好處。

他給人的印象是溫文有禮。史蒂凡（Stephane REY）回憶說：「沙耆穿著十分得體，常帶著純真的笑容，討人歡喜」；古德絲妲夫人（Madame GOLDSTEIN）也有同樣的記憶，她說：「沙耆，真誠、爽直、明快，我們一家人都喜歡他」。中國人與外國人交誼常常面帶笑容；但笑要發自內心，給人有以上的感受才算恰到好處；但這又不是偽裝得來的。

沙耆當時的條件是優越的；時勢環境是混亂的，全世界都在打仗，遙遠的祖國已經血戰了許多年，父母妻子如此遙遠。處身在這樣的境地，人很容易捲入感情的糾紛。要能潔身自好、灑脫自如，需要非常的節制；在我們掌握的資料中，並未發現他陷入情網，不能自拔。沙耆回國後把喬治雅德的相片隨身攜帶，可見他是十分珍視這份感情；可是他們之間除了這兩封還不夠稱為「情書」的信件外，我們無法証明他們的交往有進一步的發展；而且，也沒有發現沙耆在如此風光的時代有過其他特別關係的女人；也許還未發現，但我們也不願再去追尋。

是什麼力量能使他如此堅定呢？是傳統的禮教觀念？是對於畫的執著？不錯，

他天生是畫畫的，他的愛情是畫畫，無可取代！可是天生的畫家也是最激情、最浪漫的；所有這些潛在的意識、不同屬性的內涵，互相排斥；在他心靈的深處，不停地激盪傾軋；外表上愈克制，心靈中越分離。

七、內在的傾軋—心如刀絞、一病再病

1、來自各方的震撼

沙耆是天生的藝術家，有性格上的、血液裡的善良與純真；在一個充滿了親子之愛的環境中長大，滿懷著對父母的孝思、對家人、師友的關懷和責任，以至對世人的愛心與同情；他既然是天生的藝術家，也充滿了藝術家的激情與浪漫，尤其是旺盛的企圖心，他辛苦了這麼多年，累積了這麼多的經驗和技巧，面對著這樣一個千載難逢的發展機會，他要更上層樓，別的事都可以拋開！

當這些不同內涵的意識與特質，在同一個時空中出現的時候，就互相排斥與衝

突。如果外來的因素不太強烈，這種矛盾會無聲息地、溫和自然地、不驚動常人秩序地調整而趨於和諧；如果外來的因素非常強烈、成為一種震撼，不同屬性的震撼從四面八方洶湧而至，就必須另尋調和之道。另闢蹊蹊，繼續走向另一種形式的和諧。

大體上我們可以把沙耆承受的「震撼」分為正負兩種屬性：正面的震撼是使自己愉悅的、興奮的激動。比如別人的讚美、關注、畫展的成功、似錦的前程、自我的滿足與陶醉……；負面的震撼是會令自己哀喪、悲痛、內疚的激動。比如：愛妻纏綿怨懟的書信、父親叫他回國的電報、祖國災難的消息、父親罹病和病危的消息，乃至違反了恩師徐悲鴻、吳作人執著於傳統派的諄諄教誨，而私慕起浪漫派的大師們……，這些內疚都成為負面的強烈震撼。

他和夫人孫佩鈞的婚姻是有愛情基礎的。懷孕的妻子目送他的船駛向大海，自己悽悽惶惶回到住所，寫給他那封纏綿悱惻的情書，始終壓在心底。吳作人來信告訴他「夫人前曾來函，謂欲就內子習法文，近來未見來息，想已屆分娩期」（一九三七年六月七日）。半年後的另一封信上又說：「尊夫人曾有信來，欲去重慶辦護照」；同一時期，徐悲鴻的信上也說：「我在南京聽說你夫人將去和你團聚，這太好了」（一九三七年八月一日法文）。凡此對他都是負面的震撼。

沙耆從藝院畢業成績輝煌，參加盛大的聯展，與畢卡索等大畫家同台展出，是強烈的震撼；祖國陷入慘烈的抗日戰爭、老父函電催促回國、同學紛紛回國加入抗日救國的行列，是強烈的震撼；德軍佔領比利時，軍事管治下人民生活艱苦，行動被嚴格管制，大捕猶太後裔，處決愛國志士，常常驚心動魄，是強烈的震撼。這時他還能竭力克制，溫和地化解；無如震撼繼續升高：畫展受到到各方好評，邀請參展的信函和合約紛至踏來，史蒂凡說：

無人懷疑他將是亞洲來的第二個傅士達（滕田FOUJITA）。

皇后購藏了他的「吹笛女」，召見進宮，認識了英俊的少年阿爾拜王子（沙耆不離身邊的像片，就是今天的國王阿爾拜二世）、喬治雅德的蜜意柔情……；祖國和比利時的苦難日益加重，他內心的絞割升高到頂峰，正常的化解手段，再也不起制約的作用。

一九四二年八月二日，他走進沙布隆聖母院大教堂，在神父做彌撒的聖台上尋尋覓覓。神父問他做什麼？他說：

「尋找我的上帝（Je cherche mon Dieu）[9]。」

神父看他兩眼發直、神情不對，召警察來把他送進精神病醫院。

在繪畫的技巧上，沙耆是調合衝突的能手。在他旅比十年的作品中，不管是早期的中國題材作品，還是晚期的比利時即景，都充滿了兩極的融合：

畫面上是激情與審慎的融合、粗獷與細膩的融合；色彩上是光亮與清淡的融合（巴爾杜詩畫評）。

他以天才的妙筆，大膽地勾勒出一種驚人的和諧。

他畫的都是我們這裡的身邊事物，但用一種罕見的和諧寫實手法，呈現出我們本地的風光（史蒂凡評語）

[9] 黃瑞章和史蒂凡都分別敘述這件事，再參照Baltus的信，大致不錯。

沙耆是徐悲鴻的入室弟子，也親炙過吳作人的教誨，不但在出國前，他們循循善誘；出國以後還常常在書信中叮嚀提示，生怕他誤入歧途，走向浪漫主義。當年沙耆拿著兩位老師的親筆介紹信去見巴斯儉那天，走在路上、看著過往的行人，心裡既沉重又興奮，今後幾年他要在這裡埋頭苦修，他當時要修的也不外是歐洲古典派的寫實主義，可是今天對這個天經地義的教條卻興起了莫大的懷疑。

史蒂凡在一九四二年三月那篇評論中說沙耆直接接觸到西方的大師們所受到的衝擊。他舉出三人：Velasquez是十七世紀西班牙偉大畫家，最擅長調解光線與空間；Rembrandt是十七世紀荷蘭最具影響力畫家及雕塑家，是處理光亮與暗淡的聖手，放眼於人性及宇宙的偉大藝術家；至於Goya十九世紀影響法國藝術最深的西班牙大師，總的說都是傾向於人性的、宇宙的、大自然的、浪漫的、印象派的……。這些人使他對自己的師承發生了懷疑，這是重大的負面震撼！

在繪畫的境界裡，當他遇到兩極的衝突大到不能用他一貫的技巧取得和諧的時候，他會另闢蹊蹊，曲逕通幽，而後一瀉千里、海闊天空。正如史蒂凡所說：

這些衝突和震撼使他的畫風轉向一個新的境界，那是對大自然和生命的歡呼和歌頌。直接與大自然和生命的接觸能滿足他所要的一切[10]。

在現實生活中，沙耆走到藝術境界的困境，四面八方同時到來的震撼，使他不能用慣常的方式擺平；他跑到教堂裡尋找救主，他發現了一個曲逕，走下去海闊天空，繼續奔向上天交付給藝術家的歷史使命；於是他瘋了，一瘋再瘋；卻不料這條曲徑，走下去竟是一瀉千里、海闊天空；是這樣「我們就不得不讚美歷史女神，讚美她用孤寂來使藝術顯現莊嚴的方式，讚美她會錘煉和造就一個大藝術家方式」[11]

2、發病的時刻

第一次發病是一九四二年八月二日，在沙布隆聖母院教堂。沙耆被送進根特市（Gent）的聖約瑟醫院。這是一個由神父和修女主持的療養院，在舍亦醫師（Dr. SUY）主治下，療養一個月，中間還可以自行回家，可見病況並不嚴重。

[10] 1942年3月史蒂凡在小畫廊展覽中為沙耆寫的畫評。

[11] 周小英：「中國油畫」總72期「浪漫對古典—沙耆的早期繪畫和晚期繪畫」。

值得注意的是：在住院前的一年他結識了喬治雅德；住院前的五個月（一〇四二年三月）他在小畫廊開個展，史蒂凡說他是「未來的滕田（Foujita）」；皇后買了他的「吹笛女」，在皇宮認識了少年英俊的阿爾拜王子。

與此同時，中國的抗日戰爭進行得如火如荼：上海淪陷、南京撤守、家中苦難的情況不時傳來：妻子的怨懟、老父的罹病、甚至病重的消息……兩極的震撼，四面八方洶湧而至。

在他走進教堂、尋找救主之前，精神狀態已經不對。在史蒂凡等人面前極力克制；但在日常生活的另一些場合，就不時顯現。這時他已畢業三年，仍常在校中走動：合作社取畫材、畫室寫生。有時心不在焉，拿起別人的畫筆就塗抹。在青年學生中他已經被戴上「野人（non civilise）」的雅號。我們推想他的精神狀態大部是正常的；有時是瘋瘋癲癲的，嚴重的時候就失去理智。

第二次病發之前的一兩年，應該是他在歐洲飛黃騰達的時代。這時歐洲在馬歇爾計劃下重建，社會欣欣向榮；邀請展覽的信函、合約紛至踏來；他常常外出旅行作畫、接洽展出，社交頻繁，忙碌不已。

可是，中國也抗戰勝利了，他背負著家人和師友的厚望，怎麼就不作回國之行的打算呢？不怕是一個月的旅行！看望老母、弔祭亡父、見見妻兒；他這時可以說是「飲譽歐洲畫壇」；口袋裡也存下幾文；大可衣錦榮歸一番。他肯定會這樣想過！可是他沒有做，為什麼？

一九四五年八月他接到一封做公務員的友人張九垣的來信，告訴他「尊夫人萬分關懷你的近況，在極端困難的環境中轉來此信，請即刻作復」。並且說另有一詳函，寄交中國駐比大使館19, Bd General Jacques, Bruxelles，請即往取。

即便在最困難的大戰期間，上海、南京和布魯賽爾的商業管道還是經常運作的。郵電往來還是有路可通的，除非你拒絕往來。一九三九年十月二十五日，沙耆的父親召他即刻返國的電報當天就送到他手裡。我們相信他是不斷接到家中信息的。

比京工業方場廿五號（Place de l'Industrie, 25）有個「夏力士公司」（Charles Ley Company, Ltd.）專做中比貿易，天津、北京、南京都有分公司。一九四〇年三月十六日沙耆給老板夏力士寫信求見，夏力士約他來談。沙耆要和他談什麼？是想回國嗎？

離沙耆住所六青年路半里之遙的「攝政路2號」（2, rue de la Regence）有個「比中企業公司」（Société Belge d'Entreprises en Chine），一九四一年十月一日寄來信和表格，告訴他「中國政府負責送留學生回國，叫他填妥表格寄到中國駐瑞士（Berme, Suisse）公使館去」。

這許多溝通的管道對他都成為負面的震撼！

八、再見歐洲

倫敦有個比利時人名叫路易卡奴（Louis Cheno），做藝術中介的，一九四六年三月一日，沙耆寫信請他安排在倫敦開畫展。三星期以後路易回信說，很抱歉未能及早回信，因為要找一家像樣的畫廊。

倫敦畫廊的主任（Le directeur de la London Gallery）是他朋友，已經準備好為他開畫展，當然，要先看到他的幾件作品才行。於是說：

「在這種情況下，你想最好的辦法是不是你帶兩三幅畫來；同時我可以幫你先拿到一點畫像的訂單，既然你喜歡廉價多銷。」

「非常抱歉，無法安排你住在舍下，一旦你來的日期確定，我可以為你預定一個價錢公道的住處，恐怕你得準備五千比郎的消費，在你能有賣畫的收入之前」。

這時沙耆的精神狀態不但正常，而且是很會精打細算的；畫的銷路不成問題，他要廉價多銷；還要緊縮開支。誰能料竟在半年以後，舊病復發，在大使館的安排下送回國去。

一九四六年，沙耆在歐洲畫壇已經站穩了腳步，正可長驅直入，一展他生平的抱負；但不幸精神的壓力一再升高，舊病復發，結束了他在歐洲畫壇上的錦繡前程。

沙耆第二次病發回國，史蒂凡和巴爾杜詩等好友都無所知，後來史蒂凡收到過沙耆寄來的一張卡片，憑他現在的記憶，似乎說「在船上看著紅海岸邊的時候，想到和你一起渡過的美好時光。」

史蒂凡不能確定這張卡片是沙耆自己寫的，還是別人代筆，也不記得是從那裏寄出來的，卻喃喃地重復他那兩句老話：

「沙耆呀，光幹活，不吃不喝！」

「沙耆呀，主觀又固執，他要的東西決不放棄！」

九、旅比十年大事記

一九三七　二月到比京布魯賽爾設籍

一九三七　二月在比京皇家藝術學院註冊

一九三七　七月皇家藝術學院年度成績，油畫和同學分得首獎

一九三八　七月泥塑獨得首獎；高級油畫得特優獎

這兩年來徐悲鴻和吳作人對他關懷至切，在課業上、生活上都有深

談，並常常提及夫人孫佩鈞的情況，她一再努力想來與他團聚

一九三九　七月素描獨得首獎；畢業成績優異，獲得「優秀美術金質獎章」

一九三九　十月廿五日接到父親從上海發來的電報叫他立即回國

一九四〇　三月十六日沙耆寫信給卡里士、雷（Charles LEY）要求見他，次日卡里士回信約見。

一九四〇　參加比京「建國百周年紀念館」聯展，與畢卡索等人同台展出結識司蒂凡、巴爾杜詩、王樓、柯茲等藝術界名人；結識迪瑞亞、喬治雅德、米娃兒等青年。

這一年五月德軍佔領比利時，進入戰時狀態，人民生活艱苦。

一九四一　畫展接踵而來：元月「建國五十週年博物館」二月「小畫廊」；四月在列日市「歐洲藝術中心」（Ars-Europae），這一年開始他的畫受到比國人的賞識，聲名雀起。

一九四一　十月一日，比中企業公司（Société Belge d'Entreprises en Chine）寄來信和表格。告訴他中國政府負責送留學生回國，叫他填好表格寄給中

國駐瑞士（Berne, Suisse）的公使。
一九四二　三月六—十九日在「小畫廊」舉行個人展覽，「吹笛女」為皇后衣麗莎白購藏
一九四二　年初結識比國女友瑪麗露意絲。
一九四二　八月二日在沙布隆聖母院病發，送往精神病院治療。
一九四二　八月三十一日病癒出院，接連參加各地展覽，工作勤奮，社交活躍。
一九四三　一月在杜崇道畫廊（Galerie de la Toison d'Or）個展。
這一年父親在家鄉病故。
一九四四　九月在「攝政畫廓」（Galerie de Régence）個展
一九四五　五月重複在杜崇道畫廊（Galerie de la Toison d'Or）個展；小畫廊個覽，以及參加比國美術院院長DECAT主辦的名畫家聯展。這一年年底他去英、荷等國旅行、作畫。
一九四五　五月十八—三十日小畫廊個展，「雄獅」贈祖國。

一九四五　八月五日接張九垣來信告知夫人急欲知道他的情況，並且另有詳函寄到使館。

一九四六　三月廿二日路易卡奴（Louis CHENO）回信確定倫敦展覽條件。

一九四六　十月精神分裂症再度發作，在中國大使館安排下抱病回國。

一九四六　十月日布魯賽爾除籍。

Joe事件

自從九一一以後，阿拉伯人的世界，一下子成了世人注目焦點。全球無論任何地方只要有恐怖份子的影子，人人都驚恐萬狀，如臨大敵。馬德里火車案、倫敦地鐵案、至今沒有破，是恐怖份子太聰明或是查案單位太笨，警察能幹權威形象已岌岌可危。

比利時——一個美麗安靜祥和的西歐小國——沒有鄰國德、法、英那樣常出現震驚世界的新聞，長久扮演溫和、有教養、不出風頭的角色，就像比利時人那樣食衣住行，都中規中矩，沒有攻擊性，樂於助人，有著人溺己溺的好性格。

但是，幾年前姦殺四個女童的杜圖（Mark Duteau），和最近正在受審的福尼奈（姦殺九個大小女孩）。這倆位殺人犯是正宗的比利時白人，外表溫文儒雅，長得滿好看。這些長年住在溫室中的比利時人，才如夢初醒，大驚失色。於是有了三十萬人白色遊行，並成立數不清的保護兒童組織協會，受害人父母，整天上電視、報紙；出席重要場合，大小罪案都得聽一下他們的意見，成了明星。

二〇〇六年四月十二日正是學校放復活節假（四月一日－四月十七日），孩子們不是跟父母出外渡假，就是三、五好友約著到處逛逛。這天下午四點半左右，十七歲聖心中學（名校）男學生喬伊Joe van Holsbeek，在比京布魯塞爾中央大火車站大廳，耳掛著MP3聽著音樂，和朋友坐在長椅上等其他朋友。兩個同年齡大男孩，過來要Joe的MP3而發生爭吵，其中一個男孩掏出一把刀，對Joe連刺幾刀，在大庭廣眾下逃逸無踪，傷者急送醫院當晚九時死亡。

從車站監視電視中，看出兇手是阿拉伯人樣，一下子全國又像沸騰的滾水，鮮花、安慰信函堆滿了車站大廳，Joe的媽媽說：「不要要求我不恨阿拉伯人，他們殺了我的兒子」。

Joe的爸爸Guy van Holsbeek說：「我不恨兇手，如果面對面，不會想掐死他，我只要個公道。」政要黨魁都發表談話，民族主義極右派大做文章。

四月二十日在Joe住的城北十二公里小鎮，Haren伊里沙白教堂舉行葬禮，由看著Joe長大的家庭至友Jean-marie Bergeret神父主持。Haren鎮很小，大家都彼此認識，近一百多人參加，為了只值十歐元的MP3丟了命，每個人都搖頭掉淚嘆息不已。

四月二十三日下午三點近八萬人，在城中心白色遊行，安靜悲痛默默走過中央車站，一把把鮮花從眾人頭上傳遞到站前廣場Joe大幅遺像前，整齊有序排列著，場面深痛感人。

Joe的父母發表談話說：「抱歉！把大家生活次序搞亂，謝謝大家參與支持，希望能恢復平靜生活，不願意小題大作，媒體也請適可而止，懇請尊重隱私」。

Joe的爸爸雖然只是個是個換玻璃工人，但講的話非常有智慧，讓人欽佩。

二十年後重遊尼羅河

一九七八年夏天，兩個女兒還念小學的時候，趁她們暑假，我們一家四口曾去埃及旅行十天，那一次主要的是參觀開羅一帶的名勝古蹟，然後乘火車南下，也到了魯克梭爾（Luxor）和阿斯旺（Aswan）。日子過得好快，二十多年竟像轉眼之間；如今孩子們都已長大成人、各奔東西；而我們也從繁囂中走入平靜，趁一切情況猶有餘裕的時候，再瞻仰一次古埃及的文明、作一次舊地重遊，真是何其有幸！出發前心裡充滿了喜悅，不停地感謝上天的恩寵。

一、船上之旅（La Croisiere）

這次是乘遊輪從魯克梭爾南下，經阿斯旺直到納塞湖（Lac Nassen）。沿途在各景點停泊，重點是尼羅河的中上游。全程八天，都住在船上。這就是目前歐洲盛行的船上之旅。這種方式，從容悠閒，並有自由活動的餘地，比較適合我們的情況。

四月十五日（1999），我們和好友長石、瑞玲結伴，從布魯賽爾搭機，五個半小時到魯克梭爾，下機後有專車送上遊輪。這條船長約一百公尺，寬五十，共有四層，七十多間客房。房間雖小，五臟俱全，可稱舒適方便；設計上就是一座航行的旅館，除了旅館應有的設備之外，它的游泳池、健身房和曬太陽的地方設在舺板上，旅客們同時可以在這裡欣賞兩岸的景色。

活動節目都是排好的，大概每天都有一兩個陸上的活動，其他時間就在船上消磨：舺板上泡水、曬太陽，大廳裡聊天、遊戲，房間裡看書、寫字，晚上還有舞會或表演節目。埃及的天氣，一年之內只有幾小時的陰雨；四月中每天烈日高照，氣溫總在三十度以上；但乾燥清爽，蔭涼地方並不辛苦。西歐人喜歡曬太陽，同時又能在航行中觀賞景色，真是一舉兩得。

尼羅河上這種遊船據說有四百多艘，停泊的碼頭都是靠近景點，由於位置有限，常常是幾條船並排停靠；船的設計有一定的標準，由碼頭登上甲船，穿過接待廳，過一道門，便是乙船；繼續走下去是丙船、丁船；船與船之間是一條通道，乘客可以自由來去，各船也可以隨時拆夥。

二、魯克梭爾（Luxor）

在魯克梭爾停泊兩夜，重遊了卡爾奈克寺（Karnak Temple），帝王谷，魯克梭爾寺，並再一次觀賞了在卡爾奈克寺上演的「聲光演奏」。這個城市二十年來面目一新。市區的建築和街道大部份是新起；人口已達到五十萬，二十年來增加了三倍以上。

這裡的重點名勝是卡爾奈克寺和帝王谷中的圖坦塔蒙墳墓，後者是帝王谷中重要的景點，可惜正在作內部維修，暫時關閉，二十年前我們曾仔細地看過，那是保留完整的一座地下墳墓。圖坦塔蒙Toutankhamon是古埃及新帝國時代第十八王朝的法王，在位十一年（BC1347-1336），駕崩時年僅十八歲，他的墓穴雖不宏偉，卻修得很富麗，殉葬的財寶非常豐富。這個墓穴於一九二二年發掘出來，是考古界的一大盛事。圖坦塔蒙的木乃尹和墓中的財寶，都陳列在開羅的博物館裡；墓穴中卻可以看到生動的壁畫原蹟，和當時的建構布置。

三、沿河上行

這天晚上看完聲光演奏，回船就寢，一覺醒來，已經航行在尼羅河上。天剛破曉，我們穿上運動衣走到艸甲板上練氣功、看日出；六點以後旭日東升，陽光耀眼，只見兩岸樹木蔥郁，阡陌縱橫，田園和農莊交錯，引水灌溉的工程到處可見；不時又有名勝古蹟在眼前浮過，雄偉的廟堂，參天的石碑，連綿不斷的廢墟殘垣，悠然地呈現在眼前。可是在這兩岸綠洲的後面，不出二十里，便是黃沙無垠，草木不生的大沙漠。

第二站停靠在愛德府（Edfou），在這裡參觀兩個景點：愛德府是黑鷹神的廟堂。黑鷹神是法老王的代表，它英挺地端立在廟門之側，頭戴雙層王冠，是統馭上下埃及的象徵。這個塑像製作精美生動，在許多遊覽資料中都會看到它的肖像。這個廟堂保留得非常完整。

第二天又參觀了科歐布（Kom Ombo）雙體寺，是兩寺合體，一邊供奉的鱷魚神，主豐收、水利；一邊供奉太陽神，主征伐、主戰功。

四、阿斯旺（Aswan）

繼續開航，第五天到阿斯旺。二十年前第一次來時，正值這裡的水壩工程興建的盛期，當時只在這一帶匆匆一瞥。現在工程大致就緒，讓我們大開眼界。

第一個參觀的古跡是菲拉島（Philae）；與其說參觀島，其實仍然是看廟堂。埃及的帝王把他們自己神化了，活著的時候是神的代表，與神交往；死後走上永恆，與神並列；所以廟堂、宮殿和朝廷常常是連為一體。

菲拉島和科歐布都是新帝國晚期的建築，比魯克梭爾那些古蹟晚了一千多年，這時希臘、羅馬的勢力早已過了紅海，這些建築雖然還保留著古埃及的傳統精神，而風格上卻已感受了外來的影響；這座廟堂十九世紀曾經淹水，色彩有所脫落；而阿斯旺高壩的興建，更要把菲拉島淹沉湖底，為了挽救古蹟，八十年代花了六年的工夫，把它遷移到現在的這個小島上，升高了四十多公尺，完全依照原來的結構，忠實地恢復舊觀。這個小島上也有聲光演奏的節目，規模較小，也很精采。

五、阿布聖拜耳（Abou Simbel）

從阿斯旺再上去約三百公里，靠近蘇丹的邊境，仍在納塞湖中，便是著名的阿布聖拜耳，這是古埃及最雄渾的建築，出自有名的法老王阿穆塞斯二世（Amsses II, BC 1290-1224）的精心傑作。這個建築是依山開鑿，在一面山壁上雕出四尊巨大的坐神，四座神像的腳下正中間是殿堂的進口，走進去是一段長廊，兩邊是巨大的石雕立像，上頂和四壁是精美的浮雕，描述了法老王顯赫功業；長廊的盡頭、石廟的心臟是一方小小的聖堂，端坐著阿穆斯二世和三位聖神；十九世紀以來專家們便已發現，整個石廟建構是依據精確的方位和角度，每年有兩天清晨，陽光可以穿過六十五公尺的長廊照射到法老王和兩位聖神的身上，卻不及於第三位聖神Ptah，這道陽光停留二十分鐘之後隱沒，名之為「奇異的陽光」。

六、挽救文化遺產

阿斯旺水壩於六十年代開始興建，到現在大體上完工。這個工程使尼羅河上游變成一個五百公里長的人造湖（Lake of Nassen），它不僅改變了山川形貌、自然生態；也威脅著許多文化遺產的淹沒。如何挽救這些古蹟，就成為當時聯合國的重要任務。二十年中在聯合國教科文組織（UNESCO）的精心策劃下，把十四座古建築升上水面，上面說過的菲拉島（Philae）和現在說的阿布聖拜爾（Abou Simbel）都是近代巧奪天工的傑作。

阿布聖拜耳的搬遷，是把原來的山壁，切成四萬多塊，搬到一座較高的岩石之上，再一塊塊拼湊起來，天衣無縫，完全恢復舊觀，這項工程到一九九六年才完工。我們從阿斯旺早上乘飛機去，當天回來，這個節目要多付二百美元，自由參加，但卻非常值得。

現在中國的三峽水壩工程正在修建，將來長江下游的許多古蹟也將淹沒，希望能比照這裡的先例來挽救中國的文化古蹟。

七、廢棄的巨碑

在阿斯旺還有一景值得一提，就是一條沒完工的石碑。這是從花崗岩石中切割出一整塊巨石，四面已從母體切開，兩端尚未切斷，因為發現石頭有幾處裂痕，就半途而廢。卻從這裡可以看出當時的施工情況，以及完工後如何處理。這塊石材全長四十二米，重達一千一百五十噸，如果沒有殘缺就會在它下面繼續挖出空間，做一個巨大的木筏，把石材固定在上面，然後切斷兩端的連繫，等到尼羅河上漲，就可以浮起來運走。說來容易，但細想從發掘這塊巨石，到切割、搬運，要花多少人力、物力；要掌握多少的知識和技術。

阿斯旺是努比亞（Nubie）地區的中心，通往非洲大陸的孔道，古埃及帝國時期這一帶曾經是黃金及其他貴重材料的供應地；而努比亞人勇敢善戰，又成為法老王最好的兵源。近代以來埃及的文物古蹟吸引了世人的興趣，觀光旅遊事業一支獨秀；水壩建成以後，都市跟著現代化，豪華的旅館林立，機場的設備比埃及其他地方都先進。

八、古今埃及、強烈的對比

埃及文化與其他民族相比是早熟的，他們好像從別的星球上來到，帶著他們已有的智慧和經驗，把沙漠中的尼羅河兩岸變成肥沃的人間天堂。現代的科學家們還不能完全了解，在那個還沒有鐵器的時代，他們如何能夠建成那麼偉大的工程。像開羅郊外的金字塔，魯克梭爾的卡奈克爾寺，阿斯旺以南的阿布聖拜耳，建築的年代在紀元前三千到一千二百年之間，由於使用的材料耐久，製作的技巧高超，再加上得天獨厚的乾燥環境，所以能保存至今，而有現在的面貌。這些工程的雄偉之處，令人覺得仰之彌高；設想他們在那個年代對整體工程的設計，對地質、天時的了解，對材料的開採與運送，以至人力的動員與組織，工程的繼續推動與完成；如果我們再從藝術的觀點，看這些古建築的整體之美、結構之美；配屬的物件製作之美、雕塑之美，繪畫之美，對古埃及人的藝術才華，就更叫人嘆為觀止。

對於這一類的文化遺產，歷史學者常能証明它們是專制社會中強迫奴隸們去完成的，共產主義的歷史學家把這樣的社會稱為奴隸社會；可是研究埃及文化的學者，卻更強調古埃及人之善於利用工具，利用獸力、水利，善於調動工作者積極參予的意願，在一種眾志成城，上下一心的氣勢下，才能把那麼艱巨而精緻的工作做得如此完美無缺。

開羅近郊的金字塔（Kheops）是古帝國時期第三個王朝（BC2780）修建的，用了二百二十五萬多塊，一立方公尺大小的石頭砌成，塔高一百四十六公尺，至今巍巍地屹立在沙漠中的地平線上；它修建的年代約當我們的三皇五帝時期，那個時代我們的祖先留下來器物都很少，建築物更不必說了。

記得二十年前第一次遊罷埃及，在回程的飛機上曾興浩嘆。想到古埃及人的聰明睿智，創造出那麼先進的文化；而許多天來的旅遊中，每天面對的這些熙熙攘攘的埃及人，他們又是那麼貪懶無志，怎不令人懷疑這兩代埃及人之間到底有沒有關連？二十年過去了，這個國家在物質文明方面有了不少進步；而社會風氣、人民的習性，卻依然如故；這裡仍然是最多人向你伸手討錢的地方，在這裡任何交易你都不能確定自己有沒有上當？

其實，一點也不假，現代的埃及人就是當年法老王的後裔。他們屬於同一族類，有同樣的髮膚和形貌；所不同的只是精神和氣質而已。社會風氣、人民習性、精神氣質，這些屬性、內涵和品質，都是可變的，原來好的可以變壞，壞的也可以變好，而且根本不需要幾個世代時間。

遊記

摩洛哥之旅

摩洛哥（maroc）是一個位於非洲大陸東北角上，呈直立長條形的國家。短的一邊是隔著地中海和西班牙相望；較長的一邊是大西洋。摩國有海灣、森林，有高山、深谷、沙漠；她擁有多樣化的地形，也擁有多樣化的氣候。有海島型的濕熱地帶，有大陸型的乾冷山區，有終年不下一滴雨的撒哈拉大沙漠。全國從上到下分四個地型區：RIF區氣候溫濕，受地中海及大西洋的影響，年平均溫度十七到廿度，雨量充足。Moyen Atlas及Haut Atlas兩地區則越往下地勢越高，氣候是大陸型，早晚溫差極大，氣溫在二月可低到零度，而七月高達四十五度。L'Anti-Atlas是以沙漠型地形氣候為主，人口稀少，沙漠中的綠洲是人口比較集中的地方。

摩國人口二千六百萬，面積七十一萬平方公里，原是法國殖民地，一九五六年獨立，哈山二世是現在的國王，一九六一年登基，百姓好像滿喜歡他。國王的權限很大，國家大事都掌握在國王手中。

Marrakech是摩國中部的一個山城，海拔高，氣候乾燥溫和，入眼儘是藍天白雲，感覺非常舒服。這是摩洛哥第三大城，國際聞名的文化古城，有很多名勝古跡。

比較出名的Minaert of Koutoubia清真寺，建於八百年前，高聳入雲的塔樓，高七十六米，是座方型直立，充滿阿拉伯風味的建築物，塔頂有三個金色的圓球，聳立在一起，塔四周是回教式的雕刻藝術，襯著高原氣候，藍藍的天，白雲飄過，非常美麗。這座廟宇，摩國政府曾重金聘請世界各地專家學者，花了六年的時間，維修完成。只可惜我們只能在外面照幾張照片而已，因為只有回教徒才被允許進入寺廟。

另外一個觀光盛地是城中心的Place Medena。台灣同胞大都有逛夜市的興趣，這個廣場很有看頭，每天夕陽西下時，附近鄉下村莊的人們，都趕進城來，不管是來賣東西，來湊熱鬧，人人打扮的花枝招展，都穿著傳統的服裝，真像是回到一千零一夜的時代，充滿了神秘、奇異；空氣中飄著染料、香料、食物、水果、馬、羊、駱駝的味道；看過去，在一個方形泥地的大廣場中，擺滿了各種攤子。人潮洶湧：

有江湖賣藝的，賣羊馬駱駝的，玩蛇的，算命的，賣香料、染料、蜜餞、皮貨、金銀器的，穿著長裙包著頭紗，專門給客人刺青的；還有吃食的攤子，熱氣、香氣、煙氣四溢，一時真像穿越時光隧道，回到中世紀了。

離Marrakeche南下穿過高山峻嶺，往橫跨非洲中部的方向，約三小時車程，到達Quarzazate，這裡是進入撒哈拉沙漠的門戶。完全是沙漠的景色，只見到處全是土黃色的建築物，放眼在萬里晴空下，一叢叢的巨型仙人掌，另有一種風味。導遊很得意的告訴我們，別看這個鄉下土地方，可是世界有名哩！美國大名頂頂的沙漠電影「Indiana Jones」在這裡一共拍了四集，集集大賺錢，還有以沙漠為背景的名片，如阿拉伯勞倫斯、沙漠之狐等等，全是在這裡實景拍攝的。因此這個城最壯觀的，竟然是一座現代化的製片場，在一片蒼涼沙漠中遠遠望去閃閃發亮的摩登建築物，聳立在那裏，當地的居民一副電影演員的派頭。他們說這裡是歐洲好萊塢。

另外值得一提的是我們住的旅館，離城中心六公里，方圓十幾畝的大莊園，用圍墻圍住，有游泳池，有高爾夫球場，有湖可以划船，有賽車場，有騎駱駝的小徑，有一座健康中心，有夜總會、跳舞廳；加上客房是一幢幢小洋房，隱在花木扶蔬的小徑後，每個單獨的小屋住四戶人家，各有自己的大門。設計的合理舒適。建築是阿拉伯風格，漂亮順眼。旅館的工作人員，是阿拉伯服飾，男的大寬褲，小背心，方型小花帽。女的連身長裙，背心，小花帽，辮子兩條垂肩。讓我們感覺置身於阿拉伯的世界理。至於旅館的伙食又好得沒話說。

至於摩洛哥的美食，北非的鄰國阿爾及利亞、突尼西做菜用的香料都比較重些，有句俗話在摩洛哥「媽媽的味道」當然真正大師級的廚師還是男人，但Ghislaine Arabian、Reine Sammut、Helene Darroze、Anne-Sophie Pic她們卻各領風騷。在阿拉伯廚藝裡佔有一席之地。

首先談「湯」。Harira是摩國的國湯，尤其是齋月，回教每年有一個月叫Ramadan，這一個月日落以前不可進食，於是Harira更形重要。內容是：雞、牛肉、羊肉、番茄、檸檬、香菜加水用沙鍋煮二小時。另外一種湯叫Chorba把肉類換成魚、蝦、海產其他配料不變。每天我們都被濃湯的香味引得胃口大開。

Tajine是一種裝在尖頂鍋蓋沙鍋裡的摩國名菜，有小牛肉、雞、羊肉、牛肉、海鮮、各種不同的Tajine，配料是豌豆、洋蔥、番紅花〔Safran〕、辣椒、乾檸檬，每種配料不同時間放入煮一個半小時。這菜上桌才開蓋子，充滿了驚喜。

Couscous是一種享譽世界的北非名菜，而Couscous本身是一種類似中國小米，細小黃顏色，蒸出來有股很強米香，好吃就很容易吃過頭，等一段時間後胃會撐得不舒服。Couscous蒸出來和湯分開放，每個人選自己喜愛的烤牛串、羊串、羊排、燉羊腿、烤羊肉腸。而濃湯裡有紅、白籮蔔、西葫蘆、大碗豆、洋蔥、番紅花、辣椒、香菜。這樣Couscous、湯、主菜，三樣分別依每個人的喜好，乾些或湯多些或蔬菜多些，再加上摩洛哥特有的辣椒醬，大快朵頤。

另外值得一提的是摩國聞名的薄荷茶，用綠茶加新鮮薄荷葉煮成，裝在一個高高長嘴銀壺裡，像個阿拉伯神燈。倒茶時舉得遠遠高高的倒個弧形水柱，杯子是小小玻璃杯，非常有技巧。

我們去摩洛哥是十二月初，為慶祝結婚卅週年。比國正是既陰又冷，風雪交加的日子。走出陰濕灰暗的、沒有一絲綠意的地方，投入晴空萬里、陽光普照、繁花盛開、溫暖乾燥的旅遊盛地，是多麼開心的一件事。

美國之行—我見

原由

從接女兒電話到上飛機，一共只花了三、四天的時間。

早在去年年底就被她一再叮囑，今年二月底她將被派去美國受訓，希望我能去陪她，因公司將租一幢房子給她一個人住三個月，所有傢俱包括一切用具及生活享受，設備全有。請我去渡假，名為渡假實際上去為她打理管家。一幢白色小屋，三個臥室，兩套衛生設備、一個書房、一個最現代化的廚房，沙發、餐棹、小櫃子、落地燈，一大堆傢俱都安置在合適的位置上，可不是件小事。她每天上班來回開八十哩路，那有力氣再管家裡的事情。再加上一個院子，更是煩惱。於是老媽就義不容辭的走馬上任，去美國陪女兒。

意外的收穫

離上次去舊金山算算也有四年多了，保民弟夵妹雖常通電話，還滿想念的。人過五十最大的快樂是見到家人及舊時好友。這次來美心情比較放鬆，一個半月的時間，又沒特別目的，吃吃喝喝、逛逛買買、聊天唱歌、假日趕集、遊覽參觀、書店畫展，像出了籠子的鳥，天高由你飛，自由自在開心極了。

住在Stanford University所在城叫Palo Alto（伯拉圖）離學校走路十分鐘。女兒七點就得出門，一個人吃完早餐，浴在陽光下晃去Stanford有名的東亞圖書館看中文書，有卅多年沒看到這麼多中文書報，真是樂歪了。裡面工作的人，都是中國人。書還可以借回家慢慢看。這是每天的早課，非常喜歡。另外新認識保民弟好友陳耀鴻夫婦，一塊逛街、一塊游泳、吃大館子、在家烤牛排，像遇到多年不見的親人，那麼自然，連女兒和他們二個ＡＢＣ兒子也一見投緣，英文中文混著談。還見到廿多年不見的大學同學，都是事業成功，身價不凡。等三月底我先生志鵬來到。我們又拜訪老鄉長、在洛城的中學老師、我的親戚王二嫂。雖然有的半身不遂坐輪椅，有的身患不治之症，年齡大算正常。只要我們見了面，每家的近況都大致瞭解，也就沒有遺憾。

還有連絡上吳玲瑤文友，她已是美國近代出名的大作家，通完電話見面，請吃飯，並安排世界日報訪談。所以糊裡糊塗的上了報。沒想到這下子多年不見的同學親友電話不斷，都來找我，去看畫展也被贈送畫冊及日曆，是意外的收穫。

生活，社會

這次去美國，因住的時間比較長，可以冷眼旁觀，多瞭解一下旅居美國的中國人的生活。國人在美國，尤其是矽谷電腦中心，比較特殊，大部份的人都身懷絕技，高收入、過高級生活，因高科技事業日新月異，轉眼淘汰，所以也都有很深的危機感，雖住華屋開高級車，但沒有安全感。以最近科技股票大跌，幾家電腦公司裁員，一下子簡直風聲鶴淚，人人自危。其實一家公司成立才四、五年就有四萬多員工，早晚得平衡一下，這是自然定律，不可能一直增加人員而不發生問題的。

因心裡壓力大，離婚率很高，中國人也不例外。這可能是矽谷的特殊現象，錢多、時間少、家庭溝通不良。在超市碰到一家人四口，結果是三家人的組合，父母是新婚，兒子是前夫的，女兒是前妻的，我算了算全部到齊，就超過一桌了。其實學識越高大概越不會處理家庭及婚姻問題。如果家庭每一份子都努力的為這個家，那結果就很不一樣了。

另外，有一種現象是我從來無法想像的。年輕一代才卅出頭，買電子股一下子發起來，很短期間成了富翁，當然年薪幾萬美金的不屑去做，成了事業尚未開始就已退休享福的年輕貴族。父母家容納不下，朋友又很難來往，吃的、住的、用的，都是高級品，學識、見識、常識、非常貧乏。加上年輕精力充沛。造成一個不倫不類的怪物。有個朋友的女兒，成長在一個教育嚴厲的家庭，一舉一動都由媽媽決定，是個乖乖牌，突然有一天成了富翁，馬上一百八十度大轉彎，變了一個人。自己買個房子獨立生活，所有用品全是最講究的，家裡早就不來往，最後變成以引誘別人的丈夫為生活目標。每個太太見到她，就死命的盯住自己的先生，場面就變得十分怪異。

另外一個現象，是以前沒有的，中國家庭，尤其是有就學年齡小孩的家庭。都變得很注意小孩的中文教育。據我以前的印象，住在美國的中國朋友，大部分根本不要求小孩會中文。我曾經很驚奇的發現，他們的孩子一句中國話都不會，有的出國前已在台灣唸了好幾年小學，而現在朋友們的孫子輩，那一口標準中文，真的嚇人一跳。原來孩子們的父母親，請了專人每天美國學校下課，去學校接三個孩子（十歲、七歲、五歲）到中文學校，先把美國學校的家庭作業做完，再上中文課，所以他們的中文能講、能讀、能唱、能寫，每個月每個孩子要繳五百美金的學費，真的是用心良苦投大資本下去。

感想、思考

我們從台灣廿出頭來國外留學、成家、就業，一轉眼卅多年過去。一般說起來，只要你安安份份，不走歪道，求個平安穩當的日子是很容易的，當然要發大財成鉅富，那得有超然的運氣及過人的努力。普通小市民，一個平安中等的生活大概都可以求到的。但也有人混到五十多歲，連幢房子也沒有，還在左晃右晃沒安定下來。歐洲和美國有些不同，起因是來歐留學創業的中國人。一方面可能是嚮往歐洲的古老文化藝術、風情，另一方面可能本身衝勁比較小，覺得來歐洲適合自己的需要和性情，而且由於中國人數較少，要努力的融入他們的社會，才能生存，時間久了覺得他們的人情風俗是很合中國人的性格的。也就是為什麼凡是在歐洲住過一陣子的人。回台灣後，每次見面都是提到十分懷念歐洲。至於去美國，最大的吸引力，是可唸名校，將來的出路也沒問題，可以賺大錢，忙到廿四小時都不夠用，因競爭力壓力很大，在你的本行裡分工又細。產生一大群專家，沒有時間及心情去觸及本行以外的東西。到了快退休的年齡，才忽然發現以前的愛好及興趣，已然無疾而終。我和一個事業成功，家產傲人的大學同學談起當年他的一些愛好，很驚奇的發現旅美廿三年，他竟然沒有看過幾本小說。而且完全忘掉他當年愛看書而且能寫。聽到我每天看書，見書就買，以為我神經不正常，在相處的短短時間裡，只談股市、買房子、怎麼投資，我真的很擔心，等六十五歲他退休下來，如何安排自己。

棕梠灘家聚

二女兒衣藍婆家是法國南部的蔚藍海岸（Cote d'Azur）居民，法藉義大利後裔，有一棟祖傳的房子，背山面海、包括四個公寓（Apt），每個公寓至少都有兩房一廳，設備齊全。

他們把樓下的兩個公寓一個自用，另一個給獨子方百里（Nicolas Frapolli）和媳婦黃衣藍——我們女兒；樓上的二個按星期出租，這個星期一個租出去了，另一個留給我們和衣玄夫婦共用。親家夫婦計劃了很久，請我們二老及大女兒一家來渡假，所以我們也排除萬難，欣然上路，一方面助他們完成心願、另外也親身體驗一下舉世有名的法國棕梠灘。其實他們的根據地、事業中心在埃克斯（Aix-en-Provence），離這裏還有二百公里。

我們是七號星期日下午五點的火車、侄兒新民送我們到布魯賽爾南站搭大利高速快車到巴黎北站，再轉到里昂站塔去土倫（Toulon）特快。車行四小時經過阿唯翁（Avignon）、里昂、馬賽到土倫。一下車衣藍和方百里就迎上來，上他們的車再開一小時才到住處，衣玄和安生（大女婿美國人）早到了。

法國南部鄰義大利面地中海的這一帶海岸，得天獨厚，氣候宜人、陽光溫和、沙細海藍。名城如—Monano、Cannes、Nice、Saint-Tropez、Grasse、Sainte-Maxime、Grimaud、Antibes……各領風騷，花果風景各個不同，你能想出來玩的都有，而且專業高級，最高檔消費品牌，安靜幽美，花葉扶疏小徑，年年吸引成千上萬遊客來此消費。

住處距海灘步行五分鐘，鄉村小徑，到處是樹木花草，海灘很乾淨，海水碧藍，這就是歐洲人的度假天堂；他們來到這裏，忘卻一切煩憂，解除一切束縛，坐臥在沙灘上、沈浮於海水中。全身塗上防曬油，一曬幾個小時；反覆烘烤，一定要變巧克力的顏色，每天是白天睡沙灘，晚上睡床上。

白天大部分時間都在陽光下度過；黃昏後排滿了娛樂節目，一天睡下來精神特好，一盤盤地吃光；一杯杯地灌下，不停地跟著音樂扭動，永遠不覺得累，可是一上床就不再想起來，睡到日上三竿還嫌人擾他清夢，此之謂海濱度假。

方百里是第三代義大利移民，他外祖父戰前遷到這裏，先開個小飯店供來打工仔用餐；再建幾個房間供他們住宿；日漸擴大，變成了豪華的飯店和旅館。親家母昂姬（Angilique）就生在飯店裏；可是她和方尚皮（Jean-Pierre Frapolli）倆人都是建築師，婚後就到埃克斯（Aix-en-Provence）成立建築事務所，發展建築事業，包攬了整個小城的營造生意。老祖母把飯店旅館留給兒子皮爾（Pierre），幾棟度假的房子和大院子留給女兒Angilique。

皮爾一家人把事業經營得蓬蓬勃勃，他七十多歲還掌著大廚。老婆媳婦管旅館，他帶著兒子管飯店；可是不論那頭忙乒力就集中到那裏，轉眼就把問題擺平。這家人個個相貌堂堂，媳婦都裝束入時，舉止高雅，只可惜那一口流暢的法文帶著濃重馬賽口音。

大女兒衣玄和女婿安生想在這一帶買棟房子，安生半月前就先到了，租了部車開了三千公里，在法國中部有名渡假山區，七百公尺高，風景優美的Ardche靠山的小鎮看中了一處。三百五十年像古堡的老房子，翻修裝新，設備齊全，合二十五萬美元，他們已決定買，一半可以付現，一半貸款分十年償還；他們認為一方面安個家；二方面是一儲蓄和投資，可以把錢存住。這次帶了所有房子的資料，請教二個老及二個小建築師（衣藍及方百里也是建築師）他們也提供不少有用的意見，看他們四個人興致高昂的討論、畫圖找資料，我想這次家聚滿有成績的。與其把錢亂花掉，不如置產是長遠之計。

世外桃源火山島—丹娜麗芙島

看過三毛的五本書，又經去撒哈拉沙漠旅行後，就立志要去Tenerif島看看，沒有成行，第一——很貴，比同樣小島其他地方貴很多；第二——家裡沒人像我這麼有興趣，沒伴不好玩。另一原因就在歐洲不急，機會多得是。

今年四月偶然機會，倆人花很少錢去土耳其玩了八天——All in，和在家過日子差不多的花費，可在愛琴海邊四星旅館，住、三餐、機票加二個名勝遊覽，連在旅館隨時酒吧、游泳池邊喝酒冷飲全包。回來就積極打聽去丹娜麗芙島便宜旅遊票，皇天不負苦心人，終於找到比平常價便宜一半的旅遊票，趕快呼朋引伴一番，九個人浩浩蕩蕩上路，行前又把三毛的書翻出來再看一遍。

Tenerife——丹娜麗芙島是大西洋邊近摩洛哥，離西班牙不近。Canaries——迦娜利群島七個島中最大的一個火山島，二〇三四平方公里島長八十一公里寬四十五公里，島中心有西班牙最高的山——Tiede——三七一八公尺而且是活火山。島的北邊比較多雨綠色溫熱帶氣候，南邊是沙漠地形，但四面環海年溫恆春，二月十七度—二十度，八月二十度—廿四度。所以是個四季如春，終年陽光，有山、有水的世外桃源，渡假的理想地。

蘇菲亞女后國際機場在島的南下角，而最有名重要城市Santa cruz在南上角，旅館集中在Playa Americas，幾十家觀光大飯店沿著海高聳入雲，每家都有自己的海灘，據說那美好白色發金光的細沙，是人工運來鋪上去的。每家旅館都挖空心思，各顯身手設計特別美麗且多彩多姿沙灘用具，防曬傘、躺椅、曬墊、毛巾。沿著海邊散步，欣賞每個海灘不同設備可走二、三小時，Playa Americas往上連著Playa Paraise、Playa San Juan、Playa Panabe、都是觀光客集中的地方。

先談島上最具特色的活火山——Teide 因火山很高沿上山途中，因高度而風景完全不同，充滿了驚喜和意外。有完全黑色岩焦石的月世界、有奇花異草顏色眩目的火山植物、有奇形怪狀土黃色巨大岩石形成的美麗景色、山下綠油油草地、山中熱帶花草、山嶺高低曲折有趣、山頂白雪覆蓋。最後一次火山噴火岩（Chinyero），是一九〇九年至今看得見一條烏黑焦岩從山頂直落入海，Teide至今是火山地質科學家們，活的研究實驗室。爬Tride最少要二天的時間，還得自帶過夜的工具。

丹娜麗芙島不但天氣好，可以消遣的項目也非常多，所有水上運動，包括坐船出海看鯨魚、海豚；滑水、水中船拖降落傘等。由Los Cristianos港出發，鯨魚、海豚會游到船邊來，叫Mammifieres。

我們坐遊覽車環島一週，沿著海經過一個個小鎮、小漁村、不同景色的山麓、一片棕紅色平原、一幢幢白色大小房子、加上奇花異草、千年鐵樹、香蕉園，Garachico城一七三四年火山爆發全城被毀，委內瑞拉人移民來此重建此城，形成另外一種文化語言生活習慣。

二十二萬個快樂、勤奮，住在四季如春丹娜麗芙島，有一千五百種不同的花、其中一千種原來有的，五百種從外引進（非洲、荷蘭等地）外來的花，種在這裡比原產地長得還好。魚產豐富、旅遊發達、生活容易，真令人羨慕呀！

海南島之遊

三月十八月—廿二日，開完第七屆世界華文作協年會，幾位文友結伴去海南島玩玩，借機會放鬆一下，看看傳說中的世外桃園。

海南島位於中國最南端，和夏威夷同一緯度，北臨廣東省、西界越南、東瀕台灣、南邊是菲律賓、汶萊、馬來西亞，行政區除了海南島加上西沙、中沙、南沙三群島及附近海域。

海南島是個多火山的島嶼，所以形成火山、溶洞、溫泉、大河、瀑布、水庫等景觀。當中高聳五指山（一千八百六十七公尺），以丘陵、台地、山地、平原，成環形梯狀地形，河流成輻射狀，從中央山上流下，雨量充沛、終年長綠、均溫，具熱帶海洋氣候，冬春乾旱、夏秋雨多，太陽一年兩次垂直掠過頭頂，所以沒有冬天；動物、植物、礦物、海產、藥產、鹽產均豐富的地方，加上陽光、海水、沙灘、空氣，熱帶水果又沒有重工業，說它是世外桃源人間仙境是不為過的。

海南島和香港、澳門、台灣同屬一個熱帶區，所以有很多相似之處，但海南島因沒有高度開發，相對的沒有工業污染，亦能保存自然生態原始風貌，但這次看到各個風景區，沒有環保常識的遊客造成的破壞，看著讓人搖頭嘆息，如果不好好規劃保護，幾年後不知會變成什麼樣，所以我們在談，要玩趁早。

這裡出產許多特殊的東西，如做家具永不變形生蟲的珍貴木林——有子京、稠木、坡壘、青海、母生等稀有木材；各類奇禽異獸，猿、麃、金絲燕等保護區；蝴蝶谷中成千上萬的蝴蝶，尉為奇景。

古蹟名勝有紀念蘇東坡的蘇公祠、丘浚、海瑞之墓、瓊台書院、崖洲古城、書氏祠堂、麃回頭等。

我們看到紅樹林自然保護區，一大片紅色的樹長在海灘上，漲潮時所有的樹浸泡在海水中，隨風微搖，藍天白雲，海浪濤濤，等退潮時再露出樹林海灘來，非常奇特。

在三亞市有一種小魚溫泉，小魚活在熱水溫泉裡，以吃人身上碎皮、髒東西為生，你躺在溫泉裡，一群大眼睛可愛的小魚忙著替你洗滌，感覺癢癢的很舒服。

島上盛產熱帶水果——芒果、椰子、波羅蜜，我們歐洲來的吃到身上長紅點，叫中芒果毒，笑壞了我們導遊小妹（海南島稱呼呂阿妹），海鮮也吃到要求換碗陽春麵。

離三亞市約三百公里——興隆市，一個充滿異國風情城，有十幾萬泰國、印尼華僑，在當地排華時期來海南島定居，一直保持原來的生活習慣，所以意外的我們看了一場十分精彩的人妖表演，比我在曼谷看到的更精彩，是每年世界冠軍組成的團，高挑漂亮，而且舞技高超。

海南島人多漢族，客家人在太平天國時避難遷至此地。守禮、重義、講倫理，保持中原古風，尤其女性刻苦耐勞，單純辛勤；少數民族黎族近似台灣的原住民，有獨特生活習慣，如果表示愛慕你，就摸你的耳朵，同行男生都被摸得兩耳通紅。

在島上意外的發現許多北方人，樣子和海南人完全不同，原來由於大陸北方，尤其東北一帶國營企業關門，下崗工人無法生活，全家移民來海南島謀生。開出租汽車大多是東北幫，坐在車上聽東北師父罵海男男人不務正業，靠太太生活，住在四季如春、得天獨厚的天堂裡，不知珍惜。東北腔罵人很特別、很有趣。

我們一直用「福如東海壽比南山」來祝賀人家生日，從沒想過東海、南山是在那裡。到了三亞市的大、小東海和南山文化旅游區，豁然發現這兩個地方是存在的，就在海南島。還有「天涯海角」也是，當你看到岩石上刻著紅色的「天涯」另一塊刻著「海角」，用相機拍下「天涯共此時　相聚天涯」的美好記憶時，心中有著莫名的感動和意外驚喜。

名嘴李敖說：「我喜歡海南島，如果我得善終，願老死海南島」。

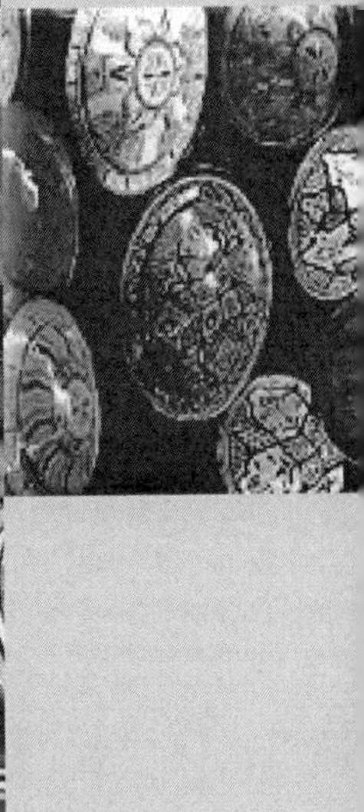

其它

門裡門外

丹青不知老將至，富貴於我如浮雲

杜甫這話最能表達我們現在進入老年的心境。

在比利時一待卅多年，從剛離開學校不知天高地厚的年青人，到進退有則，說話留半句的老太婆，這中間的變化有多大，不是一時三刻能講清楚的。

這漫長的歲月裡，真正可以提出來談談的也不多，說好聽點，是沒遇到太大的挫折，可以說平淡順利，老公常說：一個家就像一條船，有大、有小、有豪華、有簡單，但必須有人掌舵、有人升帆，每人各司其職，不然船會翻、水會進、方向會走錯。這個比方非常妥貼。

我們看到多少家庭破碎、婚姻亮紅燈、兒女沒走正途，誰也料不到這船會怎麼走法，沿途會遇上什麼樣的變化。

多年來經歷長短不一的旅遊，受歐洲人的影響，好像二、三個月沒計劃，去那裡走走看看，就有點坐不住，因此世界各地都有我們的足跡，兩個女兒受我們影響，也愛旅行，我跟她倆說爸媽也許不能留很多財產給妳們，但是妳們見識一定不輸別人。因從小就去世界各地旅行，小學時她們的地理老師要開始講課前，先問她們今天要講的這一國去過與否？

現在她們兩人都結了婚，依然是她們小家庭的旅行主導人。那天很難得母女三人談到旅行見聞，很意外的三人都注意到門裡門外的每一國家都不同，我們去最多的台灣、香港、美西、大陸、歐洲十來國，大約有四、五種形態，門裡就是每個家庭大門裡面，包括生活形態、家庭佈置安排、次序。而門外就是就是出了家門，包括周圍環境、鄰居、鄉裏附近、近鄰相處來往；不包括硬體的安置，有的國家公共設施比較多比較好，只談我們過路人的感覺。

首先談我從小長大的地方——台灣，去國多年回去，很驚奇的發現，台灣的門裡進步，絕不輸歐美，佈置安排非常講究，絕對舒服乾淨，有時豪華的過頭，一個音響一百萬、一個浮雕二百萬，傢俱都是歐美進口。但門外是另一回事，公共設施不知何故沒維護，甚至連基本的清潔都沒有做到，除非是新房子，不然走廊電梯就不能跟屋裡的裝潢等級，詢問之下也繳了不便宜的管理費，最奇怪的是沒人覺得不能忍耐，沒人正視這個現象，反而是我這過客大驚小怪。

歐洲人，以我住了卅多年的比利時為例，常常門外比門裡照顧的好。一幢大廈約八、九層樓近大門處會有一個公寓住著門房一家人，多是年輕夫妻二人，免付房租，並有收入，要管清潔、收信、環境美化、公共設施維修、並與往客保持良好的關係；有住客遠行時，屋內澆花、開窗透氣。另外如多久要全樓油漆維修，多久電梯要換新，有一定的規定。和旅館的要求差不多。如果是獨幢別墅，沒有照顧恰當，區公所會干涉。常見報上登出政府給房東，改善居往環境的罰款通知。

美國地大人多，融合各個不同種族，不一樣的生活方式，大家互相尊重，接受能力強，政府也努力配合不同語言、不同習慣、不同飲食，結果是住美國不必會講英語、不必吃西餐、不必穿洋服。但周圍環境都花大把鈔票整理得美輪美奐，因競爭力強，比來比去，所以門裡門外個個美，因地方太大，整體比較難顧到，人住不同的社區，情況也不同。結果是白人、黑人、亞裔各有各的社區，大家都努力的維持門裡舒適、門外的整潔，住的講究，美國是第一。

還可以提一提的是摩洛哥、埃及、突尼西亞。這些回教國家又是另外一回事，有些地方，房子外觀像個荒廢的四合院，高高的黑土圍牆，破舊的大門，以為無人居住；有次被請進門，著實嚇了一大跳，面對著一個美麗的花園，四圍是現代化的房子玻璃門、鏤花的窗戶、大理石地板。原來回教教義不能讓人看出來你有錢，所以人看得見的地方絕不能像樣，越破越表示你謙虛，表示有程度，就像街上每個女人都是從頭黑布包到腳跟，而裡面穿的是巴黎名牌時裝一樣。

門裡門外也有千百種，人也有千百種。

隨筆

在海外待了快四十年，說實話仔細想想並沒有很嚴重的漂流感，什麼流浪天際失根的感覺。原因大概是出國前一直在上學，跟社會接觸不多，大學畢業當月就飛向歐洲。於是從什麼事都有人替你作主的家裡——台灣，到又有人接手替你作主結婚的家——比利時。很不獨立似乎是天經地義的事。等二個女兒相繼出世，家事、工作、教女、及對外交涉，總不能全靠老公。慢慢的開門七件事，內外上下全都自己學會應付。開車、上網、跑銀行、買菜、都被訓練得比老公清楚。三十多年過去，成就了一個不再聽老公指揮的獨立老婆，女兒都出嫁離開了家以後，怕空巢期不適應，上了二年英文課，二年法文課，又出了一本書，當歐洲海外華文作協祕書長，常要去世界各地開會及自己主辦會議。想當年連打雷都怕的弱女子，到跟比利時人吵架都不會輸的女強人，其中變化連自己都不太敢相信。

許多日常生活的事，等於是出國以後才接觸，時間長了反而忘記在台灣時是怎麼做的。等回國時事事新鮮，因用的東西或用法不一樣，被人說：怎麼回來什麼東西都忘了怎麼用了。原因是出國前，家裡一直有佣人，家事不太做。中國人做家事的次序和邏輯和歐洲人不同，例如廚房用的鍋、刀、清潔劑、抹布，中國人以大小來分，歐洲人以用途來分。所以中國活得容易，每頓飯端個碗走來走去就解決了，歐洲人不管吃什麼東西，都得有模有樣，一點不能馬虎。飯桌上看一個人是否有教養，就視他衣著是否整齊乾淨，動作是否合乎餐桌規矩，所以時間長了，我也覺得吃東西如何吃法十分重要，吃得有水準真是關乎一個社會的進步呢！

在國外中文一直沒有放下，每天非看中文書不可，雖然法文、英文的書、雜誌也看，但看中文的小說、雜誌是每天必做的事。去台灣、大陸、美國時最重要的一件事，找中文書。一買就是一箱幾十本，花錢事小，其他相對麻煩不少。首先裝箱運去郵局寄海運，填表、選箱、打包、付錢。然後放下重擔似的又高興有新書可看。回來痴痴的等上近二個月，包裹送到簽收付稅，迫不及待打開，一本本仔細看，大部份失望，但也有幾本可看的。然而比起我花的力氣不成比例，然後隨日月流逝，書就氾濫成災非得處理不可，而且不好不值得看卻仍新新的，就非常傷腦筋。長住國外滿眼滿耳洋文，看到中文的東西特別珍惜，捨不得丟掉，而文詞不通的書，不願委曲自己去閱讀它，看著包裝精緻漂亮的外表，直罵自己笨不會選書，實際上人不住在中文環境裡，在短時間內要決定買什麼書，真的不容易。連書店推薦暢銷書，有的根本無法看下去。

雖然這輩子大半時間是在比利時居住，也大致能接受當地人生活方式、想法、價值觀，但吃飯至今還是中國餐為主，西餐也會欣賞但沒法每頓吃它，退休以後料理二個人的飯菜真是困難，做二盤菜可以吃三頓。超市沒有半個可買的東西。雞、鴨最少一隻。肉最少二片（約半公斤）中國菜做少了不好吃，小半鍋紅燒肉怎麼燒，結果一鍋最少吃二、三天，時間長了慢慢就想出一些變通辦法，中國做法但外國吃法，例如紅燒雞就買四個雞腿，切成八塊燒一鍋，每頓炒個青菜或燒個豆腐或拌個沙拉，吃個二、三頓沒問題，中間可停一頓吃別的東西，既省事又不那麼煩心。

年歲漸長，過完按時間表，永遠在追在趕的日子。尤其孩子們成家離開，多以電話聯絡，為她們煩心較少後，全部時間任我支配，反而越來越不積極，什麼事都想著明天還有明天，不必著急。一部好電影拖到不演了才發現。應該做的事看的人，能避就避，能推能躲，等過期挨罰，等人死了自責不已，跟當初想像的退休生活一點都不一樣。我們幾個年齡相仿，想法、看法、程度接近的太太們定期聚餐，談到每人碰到的情況，原來我們沒有把身體、精神、心理的老化算進去，那種吃飯店、逛街、公園慢跑、上美容院、看電影一天做完還有力氣跟老公吵架的日子。是一去不復返了。

幾條健康忠告—千萬不要死於無知
——保健常識　延年益壽

日本人的壽命是世界冠軍，女性平均壽命八十七點六歲。世界最老的人在英國，二百零九歲。羅馬尼亞一個女人今年一百零四歲，九十二歲那年生了個胖娃娃。我國是六十七點八八歲。而且絕大部份的人是病死的，很少是老死的。由此可見保健工作是多麼重要。

第一：平衡飲食

六種保健品：

一是綠茶：含茶多酚（抗癌）、含氟（堅固牙齒）、含茶甘寧（強壯血管）。

二是紅葡萄酒：含逆轉醇（抗衰老）、防止心臟停止、降血脂、降血壓。
第三豆漿、第四酸奶、第五骨頭湯、第六蘑菇湯（免疫功能）。
其他：穀類：玉米、蕎麥、薯類、小米。
豆類：大豆
菜類：胡蘿蔔、南瓜、蕃茄、大蒜。（看來中國食品比其他國好）
要吃七成飽，副食六，主食四，粗糧六，細糧四，植物六，動物四，還要多吃海藻。

第二：有氧運動

早上六點到九點空氣中致癌最危險，起床要慢不可猛起。不同年齡、不同季節不同對待；半夜十二點到三點一定睡覺；睡前洗熱水澡；氣功、法輪功、太極、瑜珈等都好。

第三：心理狀態

誰在人前不講人，誰人背後無人講

不生氣方法

一、躲避。

二、轉移，人家罵你，你去下棋、釣魚、沒聽見。

三、釋放，找知心朋友談談，釋放出來，不擱在心理。

四、昇華，人家越說你，你越好好幹。

五、控制，這是最重要的一個方法，「忍一時風平浪靜，退一步海闊天空」，忍耐不是目的，是策略。「難能之理宜停，難處之人宜厚，難處之事宜緩，難成之功宜智。」

另外笑口長開，笑是鍛鍊腸胃的良方，女人愛笑所以女人長命。

養生八大法寶

一、朝暮叩齒三百，七老八十不落牙。

二、頭為精明之府，日梳五百保平安。

三、腳為第二心臟，常搓湧泉保健康。搓湧泉穴，腳心中央凹陷處。

四、日嚥唾液三百口，使你活到九十九。

五、日撮谷道一百遍，治病消疾又延年。撮谷道是收縮肛門，收提一百次。

六、隨手揉腹一百遍，通和氣血裨神元。揉腹用手揉搓胸與骨盆之間。

七、人之腎氣通於耳，扯拉搓揉健身體。以右手繞過頭頂向上拉左耳，反之亦同。

八、消疲健美助血運，勤伸懶腰最為高。舉抬雙臂，伸直頸部。

國家圖書館出版品預行編目

歐洲剪影 / 郭鳳西著. -- 一版. -- 臺北市 :
秀威資訊科技, 2006[民95]
面； 公分. --(語言文學類 ; PG0110)
ISBN 978-986-7080-81-3(平裝)

855　　　　95015682

語言文學類　PG0110

歐 洲 剪 影

作　　者 / 郭鳳西
發 行 人 / 宋政坤
執行編輯 / 林世玲
圖文排版 / 張慧雯
封面設計 / 羅季芬
數位轉譯 / 徐真玉　沈裕閔
圖書銷售 / 林怡君
網路服務 / 徐國晉
出版印製 / 秀威資訊科技股份有限公司
台北市內湖區瑞光路583巷25號1樓
電話：02-2657-9211　　傳真：02-2657-9106
E-mail：service@showwe.com.tw
經 銷 商 / 紅螞蟻圖書有限公司
台北市內湖區舊宗路二段121巷28、32號4樓
電話：02-2795-3656　　傳真：02-2795-4100
http://www.e-redant.com

2006 年 8 月　BOD 一版
定價：180元

讀　者　回　函　卡

感謝您購買本書，為提升服務品質，煩請填寫以下問卷，收到您的寶貴意見後，我們會仔細收藏記錄並回贈紀念品，謝謝！

1.您購買的書名：______________________

2.您從何得知本書的消息？

☐網路書店　☐部落格　☐資料庫搜尋　☐書訊　☐電子報　☐書店

☐平面媒體　☐ 朋友推薦　☐網站推薦　☐其他__________

3.您對本書的評價：(請填代號　1.非常滿意 2.滿意 3.尚可 4.再改進)

封面設計____　版面編排____　內容____　文/譯筆____　價格____

4.讀完書後您覺得：

☐很有收獲　☐有收獲　☐收獲不多　☐沒收獲

5.您會推薦本書給朋友嗎？

☐會　☐不會，為什麼？______________________________

6.其他寶貴的意見：______________________________

____

____

____

讀者基本資料

姓名：________________　年齡：_____　性別：☐女 ☐男

聯絡電話：______________　E-mail：________________

地址：____

學歷：☐高中(含)以下　☐高中　☐專科學校　☐大學

☐研究所(含)以上 ☐其他____________

職業：☐製造業 ☐金融業 ☐資訊業 ☐軍警 ☐傳播業 ☐自由業

☐服務業 ☐公務員 ☐教職　☐學生 ☐其他_________

請貼
郵票

To：114

台北市內湖區瑞光路 583 巷 25 號 1 樓

秀威資訊科技股份有限公司　　　收

寄件人姓名：

寄件人地址：□□□

(請沿線對摺寄回,謝謝!)

秀威與 BOD

BOD（Books On Demand）是數位出版的大趨勢，秀威資訊率先運用 POD 數位印刷設備來生產書籍，並提供作者全程數位出版服務，致使書籍產銷零庫存，知識傳承不絕版，目前已開闢以下書系：

一、BOD 學術著作—專業論述的閱讀延伸
二、BOD 個人著作—分享生命的心路歷程
三、BOD 旅遊著作—個人深度旅遊文學創作
四、BOD 大陸學者—大陸專業學者學術出版
五、POD 獨家經銷—數位產製的代發行書籍

BOD 秀威網路書店：www.showwe.com.tw
政府出版品網路書店：www.*gov*books.com.tw

永不絕版的故事・自己寫・永不休止的音符・自己唱